페르시아에서의
죽음

Tod in Persien

안네마리 슈바르첸바흐
박현용 옮김

페르시아에서의 죽음

Tod in Persien

차례

한 여인을 보다

한 여인을 보다. 단 일 초 동안, 곧 놓쳐 버릴 시선의 짧은 공간 속에서, 복도의 어둠 속 어딘가에서, 내가 열어서는 안 되는 문 뒤에서.

한 여인을 봄과 동시에 그녀도 나를 보았다고 느낀다. 우리가 이방인의 문턱에서, 이 어둡고 우울한 의식의 경계에서 만날 수 밖에 없는 것인지 문득이 나를 응시했음을 느낀다.

그 몇 초 사이에 느낀다.

그녀도 정지했음을, 마치 나로 인해 온 신경이 곤두선 것처럼 사고의 흐름이 고통스럽게 중단되었음을. 나는 피곤하지 않았다, 그날의 이미지들은 혼란스럽지 않았다, 그날도 눈밭을 보았고, 그 위에 드리운 석양의 긴 그림자를 보았다, 바에서 북적거리는 사람들을 보았다, 소녀들이 지나갔다, 댄서들이 꼭두각시 인형처럼 꾸며 놓은 소녀들이 가냘픈 어깨너머로 경박하게 웃었다, 이내 그 웃음소리를 우레와 같은 재즈 소리가 비집고 들어왔다, 그러자 사람들이 비좁은 구석으로 우르르 달아났다, 그때 리는 윙크했다, 리는 작고 하얀 얼굴을 샐쭉거리며 잘 손질된 눈썹을 치켰다. 리는 자기 술잔을 내게 건네며 고집스럽게 비우라고 했다. 그리고 곧 가느다란 두 손으로 노르웨이 남자의 목덜미를 어루만지며 이리저리 춤을 추고 돌아다녔다. 남자의 눈은 리의 입술을 응시하고 있었다.

이윽고 우리는 차가운 겨울밤을 마주했다. 내 옆에서 걷던 랑게가 어색한 독일어로 입을 열었다. "몽고 여자애들이 얼마나 위험한지 모르는 것 같아 안타깝군요." 그것은 리를 두고 하는 말이었다. 나는 리가 위험하지 않다는 걸 알면서도 고개를 끄덕였다. 리에게는 가늘게 다듬은 눈썹에 실룩거리는 도자기 같은 얼굴과, 춤추는 무리를 유유히 휘젓는 남자들의 어깨 위에서 쉴 새 없이 재빠르게 움직이는 하얀 손이 있었다. 리는 미소를 짓는다. 그녀의 입가엔 겁먹은 어린아이의 미소가 어려 있다. 나는 남자들이 리의 달콤한 입술을 사랑한다는 것을 안다. 그런데 리의 미소는 무엇일까? 자욱한 담배 연기와 소음으로 인한 가벼운 메스꺼움 때문에 좀 불쾌하고 피곤할 때, 햇살이 쏟아지는 들판에서 해맑게 우리를 바라보는 어린아이와 금발의 여인과 순수한 여인의 미소는 사랑스럽다. 그들과 견주자면 리의 미소는 무엇일까?

차가운 밤공기가 기분 좋게 내 얼굴을 스친다. 신발엔 아직 눈이 묻어 있다. 벌써 새로운 불빛이 보인다. 누군가 내 스키 폴대를 받아든다. 나는 서둘러 계단을 올라가는 랑게에게 악수를 청한다. 그리고 벨을 울리자 엘리베이터 보이가 내 뒤로 문을 닫는다. 나는 승강기가 로비에 정지한 동안 고개를 숙이고 서 있다. 순간 온기와 소음이 훅 밀려 들어온다. 눈을 드니 한 여인이 맞은편에 서 있다. 흰 외투를 입은 갈색 피부의 그 여인은 머리카락을 남자처럼 이마에서부터 무심하게 빗어

넘긴 모습이다. 나는 영롱하게 빛나는 아름다운 눈빛에 화들짝 놀란다. 우리는 만난다, 단 일 초 동안. 그리고 나는 점점 더 가혹하게, 점점 더 고통스럽게 조여 오는 거스를 수 없는 충동을 느낀다. 그리움처럼, 어떤 요구처럼 사정없이 내 마음을 움직인 미지의 여인을 따라가고픈 충동을……

나는 눈을 내리깔고 한 발짝 물러선다. 승강기가 멈춘다. 엘리베이터 보이가 문을 열자, 낯선 여인은 고개를 살짝 숙이고 내 옆을 지나간다……

1929년 12월 24일

*

늦은 시간이다, 피곤하다. 처음엔 다른 사람들도 함께 있었다, 우리는 커피를 마시고, 늦게야 저녁 식사를 했다, 레스토랑 테이블은 대부분 비어 있었다. 우리 옆엔 노신사가 앉아 있었다, 어제 나를 썰매 모임에 초대했고, 오늘 저녁엔 베른슈타인 부인의 테이블로 데리고 가서 나를 그녀에게 소개해 준 남자였다. 그가 내게 미소를 지으며, 잔을 들고 고개를 숙여 인사했다. 나는 그가 다른 사람이 있을 때는 "에나 베른슈타인을 위하여."라고 말하기를 꺼린다고 느꼈다. 나는 그에게 미소를 지으며 고개를 끄덕였다, 그 순간 갑자기 피가 격렬하게 끓어 오르면서 심장을 옥죄어 왔다. 나는 에나 베른슈타인이 오지 않을 걸 알고 있었다. 그녀가 직접 자기는 객실이나 친구의 방에서 저녁 식사를 할 거라고 말해 주었다, 그렇지만 잠자코 식사를 하면서도 계속 커다란 레스토랑 출입구를 두리번거렸다.

11

결국 우리는 자리에서 일어났다, 종업원이 문까지 안내했다, 갈색 옷을 입은 급사 두 명이 비굴해 보일 정도로 머리를 조아리며 문을 열어젖혔다. 나는 주위를 둘러보았다, 보하임 사장의 테이블이 비어 있는 것을 보니 은근히 불쾌했다, 홀로 있던 노신사가 내게 손짓하는 것을 뒤늦게 알아챘다, 자기 옆에 앉으라는 그의 권유를 흔쾌히 따랐다. 랑게가 내 옆을 몇 차례 지나가다가 같이 춤을 추지 않겠느냐고 물었다, 나는 두 번 만에 수락했다, 랑게는 나와 함께 북적이는 사람들을 뚫고 바를 향해 걸어가면서, 같이 마을로 가서 팰리스 호텔에서 자기 친구들과 몇 시간만 춤을 추자고 간절하게 애원했다, 그의 계획을 포기시키는 데는 꽤 긴 시간이 필요했다. 나는 랑게에게 약속했다, 그의 계획에는 전혀 손해 볼 일 없는 일로(그러니까 그들의 후견인인 내 아버지의 명령으로 나에 대해 어느 정도의 통제권을 지닌) 나의 사촌들을 설득하여 조만간 그를 위해 저녁 식사를 예약하겠다고. 나는 가장 어린 사촌 에르빈도 함께 초대하겠다는 제안을 했다, 그의 형인 볼프강은 본인 스스로 초대를 거부하지는 않겠지만 오지랖 넓은 아내의 행동거지 때문에 모임에 적합하지 않을 거라고 덧붙이면서.

　　로비로 돌아온 우리는 승강기를 기다리던 볼프강과 루시를 만났다. 나는 에르빈이 어디에 있는지를 묻고, 그와 만나 이야기를 나눌 것을 약속한 뒤 작별 인사를 했다. 이미 승강기에 올라탄 루시는, 내가 함께 스키를 타길 원하면 내일 9시에 루디를 로비로 보내겠다고 소리를 질렀다. 나는 위스키 한잔을 앞에 두고 에르빈과 랑게의 만남을 주선하는 데 성공한 뒤에야 간신히 노신사에게 돌아갈 수 있었다, 그사이 그는 영자 신문을 읽는 데 몰두해 있었다. 그가 내게 의자를 내주고 커피를 새로 주문했다, 그리고 주머니에서 은제 담뱃갑을 꺼냈다. 그것을 내게 건네는 순간, 덮개 위로 밀려 나온 사진 한 장이 눈에 띄었다. 나는 남자처럼 선이 굵고 무뚝뚝한 에나 베른슈타인의 인상을 알아보았다. 내가 순간적으로 움찔하고 물러선 모양이다. 노신사는 개의치 않고 엷은 미소를 지으며 사진을 꺼냈다, 그리고 이내 그것을 내 손에 올려놓고 잘 간직해 달라고 부탁했다. 나는 영문을 몰라 매우 당황한 표정으로 그의 얼굴을 빤히 쳐다보았다, 하지만 그는 온화한 표정으로 고개를 끄덕이면서 입을 열었다. "이 사진은 나보다 당신이 갖고 있는 게 맞아요. 내가 이것을 젊은이의 손에 직접 쥐어 주는 것이, (그동안 그것을 내가 갖고 있던) 나의 오만에 합당한 벌이라고 생각해요. 이 사진은 나보다 이것을 원하는 젊은이에게 더욱 잘 어울려요." 이 말을 하는 그의 모습이 왠지 더 나이 들어 보였다, 잠시 긴장을 잃은 듯 보였다. 그는 피곤했던지 주름진 양손으로 잘생긴 얼굴을 괬다.

그의 설명은 이어졌다, 그는 자신이 한 말의 정당성을 친절하게 입증하고, (내가 표현하지도 않은) 나의 요구를 내게서 확인하고 격려해야만 하는 사람 같았다.

나는 처음으로 인간적으로 따스한 분위기 속에서 에나 베른슈타인의 이름을 들었다. 그녀의 지인, 그러니까 여러 해 전부터 아무 욕심 없는 사람처럼 남몰래 그녀의 뒤를 밟은 한 남자의 입을 통해서. 그는 에나 베른슈타인의 본모습을 알기 위해서, 또는 강하고 아름다운 존재의 긴장을 습관과 낡은 일상으로 느슨하게 만들기 위해서 가까이에서 접촉한 적은 결코 한 번도 없었다, 그의 사랑은 그런 것이었다. 그런데 어제 그 여인의 이름이(며칠 전에야 내 삶의 영역에 발을 들여놓은 여인) 에나 베른슈타인이라는 사실을 알게 되었을 때, 그때까지 두려운 마음으로 그녀를 그리워하며 그녀와 가까워지기를 절절히 바랐을 때, 승강기에서 처음 만난 순간부터 시시각각으로 나를 끌어당긴 치명적인 매력에, 나의 공간을 무서우리만치 강하게 사로잡은 매력에 내가 화들짝 놀라 뒷걸음질 쳤을 때, 그런 행복한 며칠 동안 온 힘을 다해 오직 하나의 목표만을 향해, 어떤 말로도 표현할 수 없는 알 수 없는 그리움을 향해, 나의 가장 은밀한 감정 중에서도 치명적인 그리움을 향해 달려갔을 때, 갑자기 에나 베른슈타인의 모든 것이 완전히 노출된 것처럼 느껴졌다. 마치 그녀가 우리 앞에 나타나서 내 옆에 앉아 있고, 자신의 존재를 견디라고 나를 채근하는 것 같았다. 게다가 맞은편 남자는 자기가 알고 있는 그녀의 모든 것을 내게 겪어 보라고 강요하는 것 같았다. 언제든 거부하고 부인할 수 있는, 또는 고유한 존재의 반란으로 저주해 버릴 수 있는 본능적인 갈망보다, 이 여인이 발산하는 매력의 실체를 파악하는 일이란 얼마나 어려운 것인가……

　타인의 얘기를, 낯선 사람의 얘기를 무시할 수 없기 때문일까? 거기에서 억누를 수 없는 힘이 생긴 것은 아닐까? 마치 그것에 대해 어떤 정당성이라도 갈구하듯 빠져드는, 은밀한 기쁨을 느끼며 속절없이 빠져드는 마력이 생긴 것은 아닐까? 아, 나는 노신사가 내게 설명하는 것들을 잘 알고 있었다, 그가 단어 하나하나까지 공들여 선택해서 얘기한다는 것도 알았다. 그런데 그가 이야기를 하면서 점점 더 고독한 우수에 잠기는 동안, 반대로 나는 흥분에 들떴다, 심장이 어떤 강력한 힘 속에서 불타 오르는 것 같았다, 나는 젊음을 선물처럼 느꼈다. 그래서 꿈속에서나 나올 법한 지극한 행복의 열쇠가 젊음이라는 것 속에 있는 듯 매우 깜짝 놀랐다……

　　노신사가 나를 지그시 바라보았다. 얼굴엔 빙그레 미소가 피어 올랐다. 그가 입을 열었다. "사랑스러운 아가씨, 나는 당신을 탐색할 권리도 없고 그럴 의도도 없어요. 하지만 젊음으로 빛나는 모습을 보니 정말 즐겁군요. 그래도 어쩌면 당신도 예감하지 못한 큰 위험이 당신 안에 도사리고 있다는 말만큼은 해야겠군요. 당신이 위험에 빠지지 않도록 얘기할 수밖에 없어요. 당신이 열여덟 살이든 열아홉 살이든, 몇 살이든 상관없어요. 당신은 나이를 훌쩍 뛰어넘는 판단력을 가졌으니까요. 인생의 권리를 주장하는 것이나, 놀라우리만치 명쾌하고 훌륭한 사고로 미루어 정말 성숙한 사람입니다. 다만 한 가지 부족한 것이 있다면 당신은 비축해 놓은 힘이 없어요. 내 말을 믿으세요. 당신은 약합니다. 갑자기 밀어닥친 커다란 긴장으로 인해 속에서도 열이 나고 있어요. 앞으로의 가능성과 기존 세력이 대립하는 것보다 위험한 건 아무것도 없습니다. 자기 자신을 사랑하세요. 어렵지 않아요. 그렇게 하세요. 그리고 자신에게 관대해지세요. 그렇다고 제멋대로 하라는 게 아니라 엄격하고 예의 바르게 행동하세요. 당신은 부자입니다. 낯선 사람들이 당신에게 다가와서 사랑과 친절을 베풀 겁니다. 자신을 탕진하지 마세요. 예의범절과 절제가 당신의 본질입니다. 그 안에 젊고, 아이처럼 풋풋한 아름다움이 있어요. 맑고 풍부한 강의 형상이 홍수로 인해 엉망이 되듯, 당신의 강렬한 아름다움은 쾌락의 유혹에 시달릴 것입니다……

　　뜬금없이 이런 말을 하는 내가 의아할지 모르겠지만, 원한다면 이 늙은이가 겪은 일을 전부 털어놓을게요. 어제 당신이 에나 베른슈타인과 함께 있는 모습을 봤을 때, 새삼 내가 그녀를 처음 만난 때가 떠올랐습니다. 그녀가 아주 젊을 적이었어요. 질풍과 같은 시절이었지요. 나는 우직하고 성숙한 사랑으로 청혼을 했습니다. 그런데 별다른 이유 없이 그녀가 내게 거리를 두었어요. 내게 아무런 상처도 주지 않으면서. 그런데 그녀가 젊고 아름다운 여성의 사랑을 받고 있다는 소문이 떠돌았어요. 그건 사실이었습니다. 그 시절 한번은 그녀가 아주 솔직하고 정직하게 마음을 털어놓은 적이 있었어요, 제 감정을 아주 분명하게 표현했던 기억이 지금도 또렷합니다. 이렇게 말했지요. '나는 젊고 저돌적인 사람들이 하는 사랑을 하고 있어요, 소년의 용기와 우쭐한 감정 같으면서도, 섬세함과 뭔가에 집착하는 소녀와 같은 감정에 휩싸인 사랑이라고 할까요.' 그런데 어제 당신을 본 순간 이 말이 떠오르더군요, 당신이 에나 베른슈타인과 사귀고 싶어 한다는 사실을 직감했어요, 그래서 에나에게 당신을 소개하는 일을 떠맡은 겁니다……

　　지금 당신 눈에는 내가 추억에 젖은 늙은이로 보이겠지요. 나는 시간이 흐른 뒤에야 이러한 나의 행동이 경솔하고 책임감이 없었다는 걸 깨닫겠지요. 그것은 당신이 잔뜩 긴장해서 만난 그 여인이 신중한 사람도 주의 깊은 사람도 아니기 때문입니다. 그녀가 발산하는 매력의 비밀은 그저 그녀의 감정이 지닌 힘일 뿐이에요, 반짝거리며 상대를 옭아매는 힘. 감정의 마력이 커지면 커질수록 점점 더 편견 없이 더 순수한 마음으로 그녀를 만나게 됩니다. 그 여인에 대한 세간의 평판을 무시하는 게, 그리고 불가피하고 제한적인 질서의 수호자로서 당연한 도덕의 경계를 뛰어넘는 게 얼마나 위험한 일인지는 말씀드렸습니다. 또한 기본적으로 감정이 과한 상황에서 마음이 여린 사람이 무너질 수밖에 없다는 말을 덧붙이고 싶군요, 그렇기에 조심하라고, 자기 자신에게 관대하라고 당부하는 것입니다. 그렇다고 이런 경고를 단순히 피하라는 말로 받아들이지 마세요. 당신이 베른슈타인 부인과 만난 것은 필연입니다. 내가 그 사실을 바꿀 수는 없어요. 내가 당신을 그녀에게 소개한 것은 다만 일의 진행 속도를 높이는 역할밖에 되지 않을 겁니다. 인생의 관객 입장에서 봤을 때, 미래는 우연이 아니라 오랫동안 내적으로 준비되어 있던 것이 필연적으로 발현되는 것이라는 사실을 배웠습니다. 그러니 푹 주무세요. 이 늙은이가 곁에서 함께하지 못해서 미안해요. 내가 해줄 수 있는 얘기는 모두 이미 당신 마음속에 자리 잡고 언젠가 때가 되면 실현되리라는 사실을 나는 알아요!"

*

낮은 은밀한 긴장의 연속이고, 밤은 하얀 겨울과 대비되는 불기둥처럼 작열하는 기대감 속에 흘러간다. 몸 안의 장기들이 열이 나서 예민해졌는지 잠자코 귀를 기울이는 일이 잦다. 감히 던질 수 없는 질문에 대한 답이라도 들으려는 듯 귀를 기울인다. 그리고 고요하지만 극도로 요동치는 혼돈에 자신을 내맡긴다. 우선 혼돈이 질병처럼 몸뚱어리를 엄습하고 정신이 점점 더 격렬하게 충격에 휩싸일수록, 온몸의 혈관은 점점 더 빨리 점점 더 숨가쁘게 흐른다. 적막한 방 안에 심장 뛰는 소리와 관자놀이가 욱신거리는 소리가 울린다. 그리고 이불 위에 올려놓은 양손이 떨리기 시작하면서, 마치 바람에 나뭇잎이 흔들리듯 움직인다.

밤은 고독하다, 그리고 모든 걸 내려놓는다. 나는 많은 책을 읽고, 그 책들을 뛰어넘어 다가올 일에서 떨리는 기대감을 느낀다. 마치 이 시간이 지나면 삶이 내 앞에서 도망이라도 칠 것처럼. 이제 더는 기다림을 견딜 수 없겠다는 생각이 이따금 들기도 한다. 책을 내려놓고 침대 옆에 놓인 전화기를 바라본다, 손만 뻗치면 잡을 수 있는 곳이다, 수화기를 들고 직원이 연결되면 내게 무엇을 원하는지 물어볼 것이다, 그에게 그 여인의 이름(수천 번은 더 되뇌어서 소망을 넘어 이미 내 것이 되어 버린 그 이름)을 말하는 것보다 쉬운 일이 무엇이랴? 그러면 수화기를 통해 그녀의 목소리를 들을 수 있을 것이다.(깊고 부드러우면서도 매우 겸손한 그녀의 목소리를…… 그녀가 전화를 받지 않으리라고는 생각은 상상도 해 보지 않았다……)

옆에 놓인 수화기를 바라보고 있노라니 안심이 된다, 왠지 고마운 마음이 들어 가만히 미소를 짓는다, 그것은 일말의 가능성 때문이다. 용기를 낸다고 해서 그 가능성이 약속을 의미하지는 않는다, 강한 의지를 의미하지도 않는다. 기다릴 수 있다는 것을 아는 것만으로, 겸허하고 관대한 마음으로 필연적인 새로운 시간을 기다릴 수 있다는 것을 아는 것만으로도 충분하다, 노신사가 "자신에게 관대해지세요."라고 말했던 것처럼. 왜냐하면 미래는 우연이 아니기 때문에……

나는 일어나서 커다란 거울 앞에 가만히 선다, 가능성이라는 게임 앞에서 여전히 망설이고 갈팡질팡하며 넋이 나간 모습으로. 이윽고 내 모습을, 아주 싱그러운 젊은이의 모습을 마주한다, 마치 남모르는 열로 떨고 있는 그 창백한 얼굴을 사랑하게 된 것처럼, 예전엔 그 얼굴을 알지 못했던 것처럼 양손으로 거울을 버틴 채 물끄러미 바라본다, 나는 거울에 비친 얼굴에 드리운 슬픔을 외면했다, 의문과 진지함이 가득한 두 눈에 미소를 선물하지 않았다, 하얗고 깡마른 두 손, 그 가느다란 형상을 바라보며 오늘 처음으로 아름답다고 느꼈다, 하지만 그 손에 자비를 베풀지는 않았다.

이 모든 것이 처음인가? 아마 그렇지 않을 것이다, 내 인생의 무수한 낮과 밤이 지나갔다, 또한 나는 나의 인생을 이미 만났고, 수많은 거울 속에서 나를 보았고 나를 알았다.

하지만 오늘 마치 남동생을 사랑하듯, 나 자신을 사랑한다, 나는 매우 깊은 시간 속에서 표면 위로 떠오른 일체감을 느낀다, 무언(無言)의 피로가 나를 슬프게 만든다, 그러나 그 슬픔마저도 사랑한다, 얼굴을 들이밀고 뚫어질 듯 바라본 거울 속 내 모습에서 그 슬픔을 발견한다……

어느덧 밤공기가 차갑다, 문을 닫으려고 창가로 다가간다, 창밖의 숲은 크고 어둡다, 산과 밤하늘의 경계가 선명하다, 설산 위에서는 남자들이 일하고 있다, 그들의 목소리가 나직하게 울려 퍼진다, 나는 그들이 반질거리는 바닥에 보드를 천천히 밀어놓는 소리에 귀를 기울인다, 이윽고 그들이 호스를 들자, 은빛 물줄기가 분수대처럼 활 모양을 이루며 설산을 흘러간다.

*

이제 일상의 사건들은 예전처럼 내 마음을 움직이지 못했다, 그것들은 힘들지 않았고 내 사고의 어떤 몫도 차지하지 않았다, 그러나 이제 모든 관계가 우연으로 가득 차게 되었고, 나는 주변 사물을 사랑하기 시작했다, 미지의 여인에 대한 생각이 그것들과 마치 형제자매처럼 연관되었기 때문이다. 나의 충만한 존재는 곳곳에서 그런 관계를 맺었다. 그리고 나를 늘 이런 풍경 속에 묶어 두던 매혹적인 사랑은 격정적으로 고조되었다. 그렇게 나는 하루의 모든 순간순간 비할 데 없는 광채를 얻었다. 맑고 깨끗한 아침 공기를 기쁘게 들이마셨다. 그리고 벅찬 가슴으로 동이 트기를 기다렸다. 산 정상에 떠오른 태양이 눈밭을 찬란하게 비추었다. 형형색색으로 입은 사람들을 태우고 맑은 종소리를 울리며 지나가는 각양각색 썰매를 물끄러미 바라보노라면, 영혼이 행복으로 충만해졌다. 때때로 산장 앞에 앉아서 몇 시간씩 햇볕을 쬘 때면 흡사 여름 같은 강렬한 햇빛과 저 멀리 계곡까지 아치를 이루며 펼쳐진 새파란 하늘에 눈이 부셨다.

*

나는 로비에 서서 베른슈타인 부인을 기다렸다. 몇 분이 느릿느릿 흘렀다. 마지막 스키어들이 하나둘 도착했다. 호텔 종업원들은 썰매를 끌고 오느라 눈투성이가 된 정장을 털었다. 모피코트를 입은 여자들이 로비를 오가며 성급하게 승강기 단추를 눌러 댔다. 쉴 새 없이 승강기 문이 여닫혔다. 승강기 문이 열리자마자 벌써 담배에 불을 붙이는 남자들의 모습이 보였다. 그들은 불붙은 담배를 손가락 사이에 낀 채 아무렇지도 않게 천천히 계단을 내려갔다. 양팔을 다 드러낸 여자들이 그 뒤를 따랐다. 그들의 어깨에서는 비단처럼 부드러운 베일이 흘러내렸고 비단 구두는 강한 불빛에 희미하게 빛났다.

몹시 초조했다. 오늘 나를 이 로비에 붙잡아 두려는 듯 시시각각으로 기다림이 밀려들었다. 낮은 기다림의 시간이었다. 불안과 고조되는 감정이 열을 지어 이어지는 낮이 지나면, 좀 평온한 저녁이 찾아왔다가 순식간에 청명한 겨울밤으로 가라앉았다. 불안과 행운에 대한 은밀한 예감으로 가득 찬 겨울밤으로.

눈밭은 오전부터 눈부시게 빛났다. 새로운 날이었다. 마음속에 행복이 그득했다. 에르빈과 나는 언덕에 올라갔다. 그의 모습이 그렇게 즐거워 보인 것은 난생처음이었다. 마음속에 그에 대한 애정이 차올랐다. 지금까지 결코 한 번도 그렇게 배려심이 있고 쾌활한 사람이라는 사실을 알지 못했다. 긴 여행을 통해 신실하고 순수한 동료심이 우리를 하나로 묶어 주었다.

마을에서는 나에 대한 비난이 겹겹이 쌓였다. 나는 합의했던 일이나 약속을 잊는 일이 잦았다. 늦은 오후에 시끄러운 호텔 로비에 멍하니 있는 자신을 발견하곤 했다. 각양각색 사람들이 몰려드는 로비는 형형색색 언어와 이름과 옷차림의 향연이었다. 거기에서 한 낯선 여자가 다가와 말을 걸었다. 그녀는 눈에 보이지 않는 피부 안쪽에서 어떤 자극이 있는지 유달리 못생긴 얼굴에 경련이 일었다. 나는 그 여자의 눈에 어린 서늘한 냉소에 움찔했다. 그녀에게는 전혀 어울리지 않는 눈빛이었다. 주저주저하는 내 모습을 나이 어린 사람이 당황해서 하는 행동이라고 여기지 않은 그 여자는 나를 자기가 있는 탁자로 불렀다. 그리고 리도 곧 올 것을 일러 주었다. 이윽고 날카롭고 재치 있는 말들을 쏟아냈다. 나는 그녀의 흥을 돋우며 조심스럽게 대꾸했다. 그러자 번개처럼 맞장구를 치며 솔직한 마음을 표현했다. 그녀의 모습과 재치 있는 말에 미소가 절로 지어질 정도로 한층 흥거워졌다. 그때 정말 리가 나타났다, 두 명의 아르헨티나인과 금발의 노르웨이 남자를 대동하고서. 그녀는 뜬금없이 은밀하게 윙크를 하고 내 팔을 잡아끌어 복도로 이끌었다, 그리고 초조하게 서성이면서 안나 바르노브스카가 나를 사랑한다고, 리의 방에서 내 사진을 보고, 그때부터 나를 사귀고 싶어 안달이 났다고 설명했다. 그런데 나는 이 이야기를 바르노브스카(나는 그녀의 이름을 이날 리한테 처음 들었다.) 씨한테 직접 들었다. 리는 매우 달콤한 미소를 지으며 덧붙였다, 최근 내 모습을 보면, 내가 안나 바르노브스카를 사랑하지 않는 것이 분명하지만 그녀는 나의 모든 성공을 보장할 영향력을 지닌 사람을 적어도 피하지는 말라고. 그러면서 자신이 안나를 아주 잘 안다고 했다.(그 말을 하는 리의 하얀 얼굴에서 낯선 우수에 젖은 사랑스러운 미소가 사라지지 않았다.) 안나는 강하고 똑똑하며, 자신에게 한 번이라도 애정을 주었던 사람에게는 믿음을 보여 주는 사람이라고 했다, 리는 바보 같은 짓 하지 말라며 집요하게 나를 설득했다. "너에겐 너를 도와줄 사람이 필요해!"

바로 그때 안나 바르노브스카가 등장했다, 그녀는 우리 둘의 팔짱을 끼고 테이블로 데리고 갔다, 나는 갑자기 초조해져서 집에 가야 한다고 단호하게 말했다, 그러자 아르헨티나 젊은이들이 의자에서 벌떡 일어나 나를 에스코트하겠다고 나섰다, 그때 바르노브스카가 "그건 내 일"이라고 짧게 한마디 하고, 출구로 가는 나를 뒤쫓아 오면서 담배에 불을 붙였다. 이어서 내 담배를 손에서 빼앗은 뒤, 그 담배를 건넸다. 나는 고맙다고 말하면서 눈 위에 담배를 확 던져 버렸다. 일순간 나를 주시하던 그 여자의 시선이 느껴졌다. 곧이어 그녀는 먼저 도착한 썰매 마차에 내가 오르는 걸 도우면서, 내게 악수도 청하지 않은 채 마부에게 내 숙소 주소를 말했다.

이튿날 아침 일찍 전화가 왔다, 매우 화창한 날이었다, 나는 행복한 마음으로 담담하게 바르노브스카에게 방문을 약속했다. 그 방문 또한 특별한 모험이었다. 크고 환한 방으로 안내되었다, 여태껏 침대 속에 있던 안나가 앉으라며 의자를 권했다. 그녀는 극도로 냉정한 표정 속에 신경증적 불안을 감추고 있었다, 나는 그녀의 차가운 모습에 아랑곳하지 않았다, 안나의 평온을 깨뜨리며 거리낌 없이 많은 얘기를 늘어놓았다, 그리고 그녀가 권하지 않았는데도 테이블에 놓인 오렌지와 초콜릿을 집어 먹었다, 절대로 오해할 수 없는 표현에서 드러나는, 안나의 커져 가는 불안을 놀란 마음으로 지켜보았다. 그때 안나가 대뜸 에나 베른슈타인을 아느냐고 물었다. 나는 기습적인 질문에 어안이 벙벙하여 그녀를 빤히 처다보다가, 안다고, 우리 호텔에서 스치듯 만났다고 말했다, 그러자 안나는 갑자기 정색하면서, 이제야 나를 완전히 알겠다고 대꾸했다, 나는 근거 없는 추측이라고 분명하게 못을 박았다, 하지만 남의 입을 통해 사랑하는 사람의 이름을 들으니 모욕감이 들었다, 왈칵 눈물이 쏟아질 것 같았다, 나는 베른슈타인 얘기를 꺼낸 이유가 무엇인지 설명해 달라고 거듭 애원하다가 나를 주시하는 서늘하고 냉정한 그녀의 눈빛을 알아차리고서야 그 요구를 중단했다.

여전히 떨리고 흥분된 마음으로 이미 이 게임에서 졌다고 생각했을 때, 그녀의 자제력도 약해졌다는 것을 눈치챘다, 그녀는 화제를 바꾸지 않고 내 요구를 따랐다. 그녀는 잠깐 생각에 잠긴 듯하더니 내 머릿속을 온통 차지하던 그 여인에 대해

다정하게 입을 열었다. 그녀의 입술에서도, 그녀의 유달리 거친 발음으로도 그 이름은 매혹적으로 빛났다. 승강기 안에서의 만남, 몇 초간의 그 말없는 눈빛 교환에서 나를 사로잡은 마력과도 같은 감정을 안나 바르노브스카 역시 느꼈으며, 그로 인해 그 마력이 '실재'했다는 것을 처음으로 감지했다. 그녀와 나에게 이미 우연과 속임수는 사라지고 에나 베른슈타인이 지닌 마력의 실체에 대한 정당성이 형성되었음을 느꼈다. 그런 기분이 들자 이내 마음이 진정되었다. 안나는 지금까지 한 번도 경험하지 못했던 전율이 엄습했었다고 했다. 그리고 나이 지긋한 그 여인에게 이미 이런저런 많은 남자와 여자가 접근했었다는 말을 덧붙였다. "에나 베른슈타인을 만나서 함께 지낼 기회가 있었어요. 여드레 동안…… 어느 신년회 밤에 P에 갔다가, 거기에서 같이 조난을 당할 뻔했어요. 미친 짓이었죠. 나보다 어린 애들한테나 어울리는 모험이었어요. 에나 베른슈타인 때문에 생긴 일이었고 당신이 원하는 답인지 모르겠지만, 그 여자는 열정적이었어요. 강한 사람들은 그녀의 강인한 면에, 약한 사람들은 그녀의 여린 면에 빠졌어요. 그래도 질투는 하지 마세요. 내가 베른슈타인 부인과 더 가까워지지는 않았으니. 그녀를 만난 건 우연이었죠. 그 우연이 여자를 사랑하는 법을 가르쳐 주었지만……"

　나는 자리에서 일어나서 그녀에게 다가갔다. "내게 키스하고 싶으면……" 그녀가 뚫어져라 나를 바라보았다. 불안하고 몹시 수줍은 표정으로. 그것이 그녀의 얼굴을 쓸쓸하면서도 매력적으로 만들었다. 나는 미소를 지으며 같은 말을 반복했다. "키스하세요." 나는 낮은 목소리로 부끄럼 없이 말했다. 그 순간 그녀가 내 위로 몸을 굽혔다. 내 어깨를 잡은 그녀의 두 손이 몹시 떨렸다. 그녀는 조용하고도 열정적으로 내게 입을 맞추었다.

*

그날 저녁 숙소로 돌아가는 길에 랑게가 마중을 나왔다. 그는 리가 펠리스 호텔에서 나를 기다리고 있어서, 사람들이 내 빈자리를 대신해 주려고 무진 애를 썼지만 소용이 없었다고 말했다. 더군다나 그런 눈치를 챈 것이 자기 혼자만이 아니라고 했다. "당신과 리가 연인 관계라는 소문이 쫙 퍼졌어요." 나는 당황하여 그를 쳐다보았다. 안나 바르노브스카의 말들이 퍼뜩 떠올랐다. 낯선 세계가 사방에서 나를 괴롭히는 것 같았다. 지금까지 내 생활에 아무런 자리도 차지하지 못하다가 일순간 암시와 유혹으로 엄습한 낯선 세계. 나는 랑게의 팔을 움켜잡으며 사람들이 왜 그렇게 내 험담을 하는지 말해 달라고 부탁했다. 나는 어린아이처럼 사람들의 비방이 두려웠다. 그저 조심하라는 생각으로 일러 주었다는 랑게의 확답을 듣고서야 진정할 수 있었다.

그러나 형제 같은 랑게의 친절에 행복과 신뢰감을 느끼긴 했지만, 곧이어 그와 관련하여 내 사촌 자매가 던진 짤막한 몇 마디에 다시 의구심이 생겼다. 불안이 엄습했다. 두려운 나머지 사람들의 비난이 잘못된 것이라고 대꾸조차 할 수 없었다. 나는 어쩔 줄 몰라 탁자 밑에서 내 손을 꼭 잡아 주는 에르빈을 가만히 건너다볼 뿐이었다. 식사 시간 내내 불편한 침묵이 흘렀다. 곧 우리는 로비를 떠났다. 내 방에서 에르빈은, 루시의 지인이 어제 내가 안나 바르노브스카와 있는 모습을 보았다고 했다. 그러면서 안나 바르노브스카는 똑똑하지만 평판이 좋지 않으니 그녀를 피할 수 없다면, 같이 있는 모습만큼은 보이지 말라고 덧붙였다.

어느새 사람들의 시선이 강하게 의식되었다. 나는 나를 엄습한 감시와 소문의 그물망을 인지했다. 스키장과 커다란 호텔 로비에서 만난 수많은 사람들의 시선과 수군거림, 그리고 노골적인 비난들이 한꺼번에 이해되었다. 얼마나 많은 여자들이 나를 돌아보았고, 얼마나 많은 여자들이 나의 미소에 답했던가, 그러고 나서 얼마나 많은 여자들이 내 뒤를 따르던 대화에 동참했던가! 나는 그들을 사랑했었다. 그들의 말 한마디 한마디, 나를 쓰다듬던 부드러운 손길, 그 호의적인 행동들은 나에 대한 관심의 표시였다. 나는 감격했다. 스키를 타면서, 그리고 우리 호텔 바에서 번번이 마주쳤던 한 러시아인은 내가 항상 여성들의 사랑을 받을 것이라고 얘기했었다. 그에게도 나는 단지 미소로만 답했다. 그러나 이제 한없이 쓸쓸했다. 모든 사랑이 적대적이고 위선적인 것처럼 느껴졌다. 에르빈은 이런저런 좋은 말로 나를 안심시키려고 애썼다. 그런 중에도 그는 이제 내 여행의 끝을 상기시키는 달갑지 않은 소식을 전할 때라고 생각했다. 에르빈은 나의 아버지가 볼프강에게 전화를 걸어, 내가 이번 주말에 돌아오기를 바란다는 말을 전했던 것이다.

너무 뜻밖인 소식에 나는 전혀 이해할 수 없다는 표정으로 에르빈을 쳐다보았다. 그는 웃으며 내 팔을 잡고 이제 다시 열심히 일할 시간이라고 말했다. 그러지 않으면 내가 곤란한 입장에 처할 거라면서, 나를 늘 부지런하고 열정적으로 일하는 사람으로 알고 있으며, 모든 면에서 아버지의 판단을 긍정적으로 고려해 보라는 얘기를 덧붙였다.

　나는 그를 따라 로비로 갔다. 볼프강과 루시가 우리를 애써 편안하게 맞이하면서, 나를 달래려고 눈물겨운 노력을 했다. 우리는 다음 날 스키를 타기로 약속하고, 한밤중에야 헤어졌다. 너무 피곤한 나머지 잠도 오지 않았다. 온몸의 신경줄이 팽팽하게 긴장되어 전혀 풀어질 기미가 보이지 않았다. 그 시간이 길고 절망적으로 느껴졌다. 내가 사랑한다고 생각했던 사람들을 떠올리는 것조차 새로운 두려움으로 다가왔다. 머릿속에 그 사랑의 특징들을 떠올린 순간, 은밀한 방어 기제가 작동했다. 불안한 마음에 결국 그 생각을 떨치려고 노력하다가, 잠이나 푹 자고 싶다는 바람이 들었다.

　그러나 새벽녘에 (무릎에 머리를 괴고 웅크리고 앉아 있었다.) 충만한 평온이 나를 감싸는 것을 느꼈다. 평온이 오는 소리가 들리는 것만 같았다. 감사하는 마음으로 겸손하게 고개를 숙여 맞이했다. 어릴 적 한참을 목 놓아 운 뒤에 평화가 찾아오는 경험을 한 적이 있었다. 당시에는 엄마가 나의 젖은 머리를 쓰다듬어 주었다. 오늘도 어쩌면 한 여인이 올지도 모른다. '여인'이라는 단어만으로도 형언할 수 없을 만큼 행복했다. '여인'이라는 단어가 주는 충만감은 너무 적막하고 슬픈 기대이자 너무 분명한 행운이어서, 경이로움이 한계를 모르고 점점 하늘 높이 올라가 내가 애타게 바라는 위로의 공간을 만들어 주었다……

　그 순간에도 에나 베른슈타인에 대한 생각이 끈질기게 머릿속을 맴돌았다. 처음 몇 시간은 내 의식에서 사라졌었다. 그러나 지금 그녀가 다시 내 마음을 고통스러운 긴장으로 채웠다. 눈에는 보이지 않아도 어떤 힘이 깃든 것 같은 그 이름 속에 나의 모든 괴로움이 압축되었다. 이제 견디기 힘든 초조감이 엄습했고, 어스름한 새벽 그리고 마침내 동이 튼 아침이 더디게 지나갔다. 스키 투어는 저녁과 귀로에 다가가기 위해 견뎌야만 하는 시간의 사슬일 뿐이었다. 마을에서 마지막으로 잠깐 차를 마신 뒤 드디어 호텔에 도착했을 때 나는 홀에서 에나 베른슈타인을 기다리기로 작정했다. 그녀와의 만남이 두려웠지만. 아무런 일도 일어나지 않고, 아무런 일도 하지 않은 채 낮의 긴장을 견디는 것이 밤새 뜬눈으로 기다리는 것보다 훨씬 무서운 일일 수 있을까. 지금이 그 두려움의 정점은 아니었다. 이를 뛰어넘는 공허가 있었다.(아아, 공허한 눈빛도, 이전엔 부유했지만 지금은 아무것도 없는 빈손과 공허한 시간도 있다…….)

시계가 8시를 알렸다. 에르빈이 식사를 하기 위해 옷을 갈아입고 올 것이다. 이어서 볼프강과 가슴이 깊이 파인 빨간 원피스를 입은 루시가 오겠지. 그리고 나는 여기에 서 있었다. 스키복을 입고, 두 손으로 난방기를 잡고 기다렸다. 어쩌면 이 모든 것이 소용없는지도 모른다. 감히 고개를 돌릴 수조차 없었다. 지금 홀을 서성이고 신문을 읽고 칵테일을 마시고 카드를 섞고 있는 지인들의 시선을 마주할 수도 없었다. 만족이라는 감정에 대한 오랜 증오가 엄습해 왔다. 나의 기다림은 점점 더 긴장되고 절망적으로 되었다. 그리고 유치하고 어리석고 우스꽝스럽게 여겨졌다.

드디어 썰매 한 대가 도착했다. 썰매 위에서 대기하던 호텔 보이들이 먼저 밖으로 뛰어내리고 정말로 에나 베른슈타인의 모습이 보였다. 그렇지만 나는 쳐다볼 엄두조차 내지 못했다. 그건 아무래도 상관없었다. 그녀가 이 몹시 부끄러운 순간에 내 어깨에 손을 올리고, 아주 가까이에서 무뚝뚝하면서도 따스한 음성으로 내게 다정하게 말을 걸어온 것이다. 그런데 이 첫 몇 분 만에 호텔 직원이 내게 와서 전화를 받으라고 소리를 지르는 통에 나는 그만 순간적으로 마지막 용기를 잃고 말았다. 그와 동시에 내가 실현 불가능한 것을 애써 시도하려 했다는 것이 분명하게 입증되었다. 수화기 속에서 아버지의 목소리가 들렸다. 아버지의 말이 미처 다 끝나기도 전에, 그의 바람대로 이틀 뒤에 돌아가겠다고 대답했다. 다행인지 불행인지 나의 삭막한 말투는 전화선에 삼켜졌다. 나는 흡족해하는 아버지의 대꾸에 눈물이 왈칵 쏟아졌다. 수화기를 내려놓자 스르르 맥이 풀리고 절망적인 슬픔에 사로잡혔다. 객실 벽에 기댔다……

밖에서 베른슈타인 부인이 나를 기다리고 있었다. 나는 그녀를 바라보며 미소를 지어 보였다. 그사이 그녀는 우편물을 찾아온 것 같았다. 우리는 이제 승강기를 타고 올라갈 것이고, 나는 내리기 전에 그녀에게 악수를 청할 것이었다.

그러나 그 마지막 가능성은 언제나 그러듯 익숙한 우연에 넘어가고 말았다. 엘리베이터 보이가 베른슈타인 부인이 보하임 부인의 특실이 있는 3층에 내린다는 것을 깜박하고, 5층에서 세웠기 때문이다. 베른슈타인 부인은 걸어서 내려가겠다고 말한 뒤, 불빛이 희미한 복도의 내 옆으로 내려섰다.

나는 다시 한번 그녀에게 다가가고 싶은 강렬한 충동에 사로잡혔다. 시선을 내리깔고 나도 모르게 발걸음을 맞추며, 어떻게 해서라도 다가가고 싶었다. 그녀는 걸음을 멈추고 내게 고개를 돌렸다. 나는 이제 마지막 남은 가능성이라는 걸 알았다. 그래서 극도로 조심스럽게 그녀를 바라보며 오늘 저녁에 그녀 방에 찾아가도 되는지를 물었다. 베른슈타인은 자신이 보하임 부인의 특실에 같이 머문다며 잠시 망설였다. 하지만 이내 결심이 선 듯 친구에게 손님 맞을 준비를 시킬 테니, 저녁 식사를 마친 뒤에 오라고 말했다. 그리고 그녀의 손이 살짝 내 머리를 스쳤다.

*

아래의 글은 그 첫날 밤에 기록한 메모이다. 나는 이것을 고이 간직하고 있다. 내가 메모를 고집하는 이유는 어떤 기억이든 이 종이쪼가리보다 낫다고 할 수 없기 때문이다. 어떤 효과도 기대하지 않은 채, 몹시 심란한 마음을 오직 글을 쓰는 것에 몰두시켜야만 했다.

나는 또다시 엄습한 이 공포의 실체를 정말 알지 못했다. 그것은 우리가 생각할 수 없는 것이다, 미소를 지으며 받아들이지만 순식간에 커져 견디기 힘든, 그리고 애써 끊임없이 미소를 지어 보이지만 이내 얼굴이 일그러지는 괴로움 같은 것. 맙소사, 사람들은 나를 믿지 않으려 할 것이다, 내가 솔직했다는 것을, 그리고 어제도 나 자신의 말을 확신했다는 것을. 고통이 질병처럼 순식간에 덮쳤다는 사실을 어떻게 설명할 수 있을까?

그렇게 내 마음을 종잡을 수 없다. 어제를 어떻게 견뎠는지 알지 못한다, 그제도, 그 뒤쪽으로 차례차례 줄지어 있는 과거의 많은 날들을 어떻게 견뎠는지 알지 못한다. 그리고 나는 행복했다, 밤이 얼마나 외로운지, 내가 피하고 싶은 불안감이 어둠으로부터 나를 향하고 있다는 사실을 느끼지 못했다.

하지만 동시에 큰 용기도 어둠의 일원이라는 사실을 안다. 누군가가 내게 용기를 준다는 사실을 안다. 그래서 나는 용기가 있는 쪽을 향해 귀를 기울인다. 그리고 충만한 예감과 불면으로 두 눈이 크게 떠지는 것을 느낀다.

그렇지만 이내 졸음이 몰려온다. 더는 깨어 있을 수가 없다. 나의 시선이 서서히 내면으로 향한다. 거기에서 색깔과 빛의 세상이 춤을 춘다. 빛이 흐릿해진다면 그것은 성자의 머리를 둘러싼 불빛이다. 그리고 주변의 공간은 마법에 걸린 태양이다. 마치 내가 하늘의 열기와 눈밭의 모든 광채를 내 안으로 떠밀어 넣은 것 같다. 나는 온기 때문에 완전히 흘러내린다.

그러나 그것은 단지 마법일 뿐이었다. 빛과 색은 서치라이트의 영사막과 같다. 서치라이트를 돌려라, 이내 영사막은 사라진다.

그래도 울지는 말아라, 우는 것은 어리석은 일이다. 당신은 도대체, 당신이 사랑하는 우리의 세계에 대해서, 좀 더 큰 서치라이트의 영사막이라고 할 수 있는 우리의 세계에 대해서 무엇을 얼마나 많이 알고 있느냐? 군주의 총애를 받은 자가 군주의 기분에 좌지우지되듯이, 당신은 빛과 어둠에 종속되어 있다. 언젠가(몇 주 전의 당신을 기억하라.) 어떤 사람이 당신에게 말했다. "총아가 되는 것은 비참한 일입니다. 혹은 거지가 되는 것도." 커다란 빛은 어디에나 있다. 그것은 순수하고 완벽한 예술 작품에서 뿜어져 나오듯, 선량한 사람의 눈 속에서도 반짝인다. 그 빛은 사라지지 않는다. 모든 사람들 마음속에 빛이 있듯, 당신 마음속에도 있기 때문이다. 다만 당신은 사소한 게임들을 장악하려는 조급함과 두려움 때문에, 그리고 어두운 자리를 피하려는 비겁함 때문에 그 빛을 쫓아내서는 안 된다.

그 빛은 점점 더 크고 순수해진다. 그 빛을 따라라.

늦었다. 이제 동이 텄을 것이다. 하지만 너무 피곤해서 눈을 뜰 수가 없다.

*

나는 매우 잠깐 그 길을 방랑했다. 내적으로 친숙한 풍경에 다가가면 갈수록 점점 더 조급해졌다. 피곤하고 숨이 찼다. 그리고 심장이 격렬하게 뛰는 게 느껴졌다. 걸으면서도 끊임없이 나 자신을 달래면서 혼잣말을 했다. 연민의 감정 같은 것이 엄습했다. 가혹하고 조심스러운 기나긴 몇 주가 흐른 뒤 나의 생각들은 정당성을 드러내기 시작했다. 지속적으로 꾸던 불길하고 괴로운 꿈 속에 숨지 않았다. 매일 밤 똑같이 햇빛에 반짝이는 설경의 이미지, 에나의 모습이 부지불식간에 합쳐진 설경의 이미지가 반복되는 꿈 속에 드러났다.

내가 이런 급작스러운 습격을 어떻게 이해했든, 수많은 얼굴들을 만나 대화하고 야근을 하고, 때로는 아프고, 남쪽 바다에서 여름 휴가를 보내고, 커다란 신세계인 파리 여행을 하면서 한 달, 또 한 달을 보내지 않았던가? 아마 나는 에나의 사진들을 갖고 다녔던 것 같고, 이런저런 고독한 순간이면 에나에게 이따금 편지를 쓰기도 했던 것 같다. 아, 나는 몹시 외로웠다. 하지만 지독한 외사랑이 내게 사랑의 힘을 가르쳐 주었다. 그래서 어려움을 결코 회피하지 않았다. 그 속에서 축복과 강인함을 예감했다……

그때 에나가 돌아왔다. 어떻게 된 일인지는 알 수 없었지만, 작년 겨울의 그 밤은 계속 반복되었다. 끊임없이 새로이 변주되는 밤을 통해서 나의 은밀한 희망은 마음속에서 새로운 길을 찾았다……

그렇게 은밀하면서도 강한 그리움을 뭐라 표현해야 할까? 절대로 말해서는 안 되는 절절한 그리움, 너무도 달콤하고 유혹적이어서 절대로 벗어날 수 없던 그때 그 순간, 그렇기 때문에 은밀하면서도 헤어날 수 없는 그리움을……

그 생각을 하지 않으려고 애썼다, 쫓거나, 정당한 근거로 '불가능한 사유'를 제시하려고 애썼다. 왜냐하면 내가 가장 무모한 그 꿈을 얼마나 믿든, 뭇 사람들의 따가운 시선에 시달리던 그 불행의 장소를 올겨울에 다시 찾을 것이기 때문이었다.

그리하여 P의 객실을 또 예약했다, 아주 솔직한 의견 교환을 통해 드디어 나는 작은아버지와 그의 어린 아들들과 함께 여행의 목적지를 결정했다. 몹시 피곤했다. 약간의 휴식, 그리고 어떤 감정도 불러일으키지 않는 아름다운 풍경 한복판에서 쏟아지는 햇볕을 받는 것 외에 아무것도 바라지 않았다.

그러나 쿠르에서부터 나지막한 불안이 엄습했다. 뭔가 들뜬 움직임이 주변에서 감지되었다, 가까운 산에서 불어오는 신선한 바람이 우리를 몹시 흥분시켰다. 게다가 프란츠는 여행의 첫 계획들에 대해 분명하게 못을 박으면서, 우리가 썰매 마차를 타고 한 시간이면 볼프강과 루시가 있는 곳에 편안하게 닿을 것이며, 그들과 이후 일정을 함께할 것이라고 설명했다. 그의 친구들이 이 지방 곳곳에 흩어져 산다는 말도 덧붙였다, 우리는 가족들만의 조용한 휴식을 기대할 수 없었다.

나는 여행 일정은 아무래도 상관없다고 대답했지만, 이미 그 답변에는 고도의 거짓말이 숨어 있었다, 나는 에나가 한 시간이면 도착한다는 가능성으로 몹시 초조했던 것이다. 흥분하는 이유를 실토하지는 않았지만, 그 생각에 사로잡힌 나머지 곁에 있는 사람들 모두가 무의미하게 느껴질 정도였다.

이튿날 점심 식사 후 곧장 M으로 가자는 제안을 한 것은 프란츠였다. 나는 설명할 수 없는 어떤 확신을 가지고 그 제안을 기다리고 있었는데, 그런 확신은 자비로운 운명이 우리의 약함을 알고 어차피 정해진 길을 고통 없이 따르도록 돕기라도 하듯, 별다른 판단 없이 앞서 결정을 내리기 마련이다. 작은 아버지는 테디와 함께 얼음판 위에 있던 터라 우리를 제지하지 못했다. 프란츠는 M에 있는 친구들을 보는 일이 급한 듯 보였다, 그는 이 적막한 마을을 벗어나기 위해서 이미 잡아 놓은 갖가지 약속을 떠들어 댔다. 그사이 우리는 숲에 도착했다, 오르막길이 시작되었다. 우리는 최대한 빨리 언덕을 넘을 것이라고 예상했던 속도보다 빨리 달려서 숨을 헐떡거리며 호숫가에 도착했다, 우리 앞에 드넓은 호수가 햇빛에 반짝이며 하얗게 펼쳐져 있었다. 우리는 잠시 멈춰 섰다, 나는 급한 결정과 긴장된 일정 때문에 미처 억누르고 있던 압박감을 그제야 느꼈다. 생각을 집중하고, 내 행동에 대한 어떤 해명을 얻으려고 애썼다, 그러자 간밤의 두려움이 되살아났다. 그것이 양심의 가책인지 이 불길하고 강렬한 그리움에 대한 무력감인지 알 수 없었다……

나는 "불길하고 강렬한"이라는 표현을 반복해서 말했다, 그것이 내게는 무의미해 보였다. 그래도 계속 되뇌었다. '나의 그리움은 어떤 것인가.' 그 안에는 순간의 달콤함과 고통이 있었다, 다가올 미래의 견딜 수 없는 긴장도 섞여 있었다. 경치는 익숙했다. 나는 그 풍경과 연결되어 있다고 느끼며, 거기에서 안정감을 찾으려고 귀를 쫑긋 세우고 소리를 엿들었다. 나는 행복했기 때문에(그 어디에서도 공포가 들어올 만한 통로를 찾지 못했다.) 권리가 있다고, 오, 틀림없이 그리움을 요구할 권리, 그리고 그것을 따를 권리가 있다고 말했다…… 그러나 어떤 권리를 갖는다는 것도 어리석은 일이다, 심지어 우스꽝스럽고 이상하게 부끄럽게 여겨졌다……

우리는 그사이 마지막 남은 길을 걸었다. 내가 왜 그리 치열하게 고민했는지 알 수 없지만, 생각은 꼬리에 꼬리를 물고 계속 이어졌다……

호텔 입구에서 우리는 스키 장비를 벗어 던지고, 묵직한 회전문을 움직였다, 그리고 로비에 들어서자 프란츠는 내가 필경 지인들과 마주쳐, 그들과 차를 마시게 될 것 같다며 서둘러 작별 인사를 했다. 그리고 내가 괜찮다면 6시에 셔틀버스에서 만나자고 했다.

갑자기 혼자가 되어 버린 나는 모든 것을 혼자 결정해야 했다. 일순 얼굴이 창백해진 느낌이 들었다, 나를 붙잡아 줄 뭔가를 찾기라도 하듯 불안하게 사방을 둘러보았다. 나는 안내 데스크로 고개를 돌렸다, 직원이 알아보고 무엇을 도와줄지 물었다. 그래서 대답을 하려던 순간 온몸을 사시나무처럼 떨고 있다는 걸 깨달았다. 나는 이상하리만치 쉰 목소리로 에나의 객실 번호를 물었다. 이어서 남자의 기색을 살폈다, 내 질문을 당연한 듯 접수한 그의 모습이 의아하게 여겨졌다, 그는 작은 상자에 두 손을 뻗으며 대답했다. "잠깐만요, 510호인 것 같은데, 맞네요, 여기 나와 있네요." 그는 상자에서 직사각형 메모지를 꺼내면서 덧붙였다. "베른슈타인 부인이 위에 있는지 알아봐 드릴까요?" 나는 몹시 긴장한 목소리로 그럴 필요까지는 없다고 대꾸했다. 그리고 계단을 내려갔다. 승강기 앞에 멈춰 서서 단추를 눌렀다. 그때까지도 내 손은 덜덜 떨고 있었다. 티타임을 갖는 활기 넘치는 사람들의 모습이 시야에서 흐릿해지고 웅성거리는 소리만 귓가에 들렸다. 나는 혹시 여기에 지인들이 있지는 않은지, 그들이 나를 알아보진 않을지 혼잣말을 중얼거렸다. 심지어 내가 사람들의 관찰 대상이 되었다는 느낌마저 분명하게 들었다. 신경줄이 점점 더 고통스럽게 죄어 왔다.

그 순간 승강기 문이 열렸다. 그리고 흰 외투를 입은 한 여인이 대기하고 있던 엘리베이터 보이 곁을 급하게 지나갔다. 나는 선이 굵고 무뚝뚝한 인상의 에나를 알아보고 몹시 당황했다. 그와 동시에 그녀의 반짝이는 강한 눈빛이 나를 사로잡았다. 그녀의 품에 몸을 던져야 할 것만 같았다. 고통의 희열 속에서 흐느껴야만 할 것 같았다……

그녀가 나를 알아보고 화들짝 놀라 다가와서, 짐짓 목소리를 가다듬은 듯 나직하게, 내가 어디에서 오는 길인지, 내가 여기 있다는 사실을 친지들이 아는지 물었다. 나는 "아뇨."라고 답변했다. 가까운 테이블에서 여자들 몇 명이 고개를 돌려 우리를 바라보는 시선이 느껴졌다. 그러나 그사이 에나는 대기 중이던 보이에게 손짓으로 신호를 보내고, 나를 승강기 안으로 밀어 넣었다. 그렇게 나는 고심할 새도 없이, 대체 어떻게 된 영문인지도 모른 채, 에나의 방에 도착했다.

페르시아에서의 죽음

1부

이 책은 독자에게 줄 기쁨을 별로 준비하지 못했다. 슬픔을 담은 책은 독자를 위로하고 격려할 때가 많다. 잘 견딜 수만 있다면 슬픔 속에 도덕적인 힘이 있다고 믿는 사람이 많기 때문이다. 그러나 이 책은 결코 독자에게 위로나 용기를 주지 않는다. 죽음은 그 자체로 숭고하다지만, 고백하건대 내 생각은 다르다. 대체 죽음이라는 고통을 어떻게 뛰어넘는단 말인가? 죽음은 너무나 불가해하고 비인간적인 힘이다……. 그리하여 죽음은 미로에서 헤매는 우리를 너그럽게 받아 주는 최종적인 길이라고 기대될 때에만 비로소 그 무시무시한 힘을 잃는다.

사실 이 책에서 중요한 것은 미로다. 주제는 절망이다. 독자의 공감을 불러일으키려는 의도 역시 실패할 수밖에 없다. 독자의 연민과 이해는, 패배가 명백한 싸움이라는 것을 알면서도 용감하게 맞서 싸울 때 그리고 그런 합리적인 이유에서 기인한 불가피한 결과가 바로 우리의 슬픔일 때만 기대할 수 있기 때문이다. 가끔 아무 이유 없이 행복할 수는 있다. 그렇지만 아무 이유 없이 불행해서는 안 된다. 더구나 오늘날처럼 엄혹한 시대에는 누구나 적절한 적수와 자기 힘에 걸맞은 운명을 고를 수 있어야 한다.

하지만 이 작은 책의 주인공은 적의 이름도 제대로 불러 보지 못한 채 외면상 불명예스러운 패배가 봉인되기도 전에 이미 싸움을 포기할 정도로 연약한 존재다.

더군다나 그것이 최악이 아니다. 이 책은 대체 왜 주인공이 페르시아로, 왜 그리 멀고 낯선 땅까지 떠밀리듯 쫓겨 가서 형언할 수 없는 시련에 끝내 굴복했는지를 어디에서도 분명하게 설명하지 않는다. 이 역시 독자들은 너그럽게 이해해야 한다. 그보다는 우회로, 출구, 미로에 대한 얘기가 더 많다. 오늘날 유럽 땅에 사는 사람은, 얼마나 많은 사람들이 감당할 수 없는 극도의 긴장 속에서 살아가는지 안다. 안정된 삶에 대한 욕구와 매 순간 판단을 내려야 하는 개인적인 갈등에서부터 그리고 압도적으로 많은 단순한 물질적 궁핍에서부터 정치 문제에 대한 긴장, 경제적·사회적·문화적 미래에 대한 긴장, 그 어떤 것도 쉽게 내려놓을 수 없는 긴장 속에서 살아간다……. 그럼에도 정당하게 도피를 시도하는 젊은이들에게는 이마에 배신이라는 카인의 낙인을 찍어 버린다.

이 책은 한 소녀를 둘러싼 이야기를 소재로 한다. 이 원고를 마무리했을 때, 나는 누구나 납득할 만한 인과 관계를 만들어야 한다는 사실을 분명히 깨달았다. 그렇게 해야만 독자를 만족시키고 출판사에 유용한 책이 될 것이다. 하지만 그러기 위해서는 본래의 주제를 바꾸어야만 했다. 그것은 정신적으로나 도덕적으로나 허용할 수 없는 양보였다.

이 책에 기록된 헛된 반발과 절망은 앞에서 언급한 도피라는 카인의 낙인과는 관계가 없다. 아니, 우리의 척도와 설명은 더는 중요하지 않다. 여기에는 모든 힘을 잃고 마지막에 다다른 한 인간이 있을 뿐이다……

비인간적인 것과 초인간적인 것은 아주 가깝다. 아시아의 어마어마한 크기는 초인간적이다. "결코 적대적이지 않고 그저 매우 클 뿐이다." 인간의 죽음이 아시아에서는 어떤 의미일까? 우리는 "사람이 죽어요."라고 애타게 소리칠 뿐이다. 아무리 그럴싸하게 포장을 해도 죽음은 내 마음의 짐을 덜어 주지도, 그대들의 마음을 가볍게 해 주지도 못한다. 위험은 구체적이지 않고, 공포는 이루 말할 수 없다. 그런고로 죽음은 더 끔찍하게 느껴진다. 다시는 돌아올 수 없는 섬찟한 길일 뿐이다.

우리는 왜 죽는가?

우리에게 죽음은 당연한 것이 아니다. 죽음은 우리를 당혹감으로 채운다. 그러나 아시아인들은 죽음을 무(無), 진실한 존재, 진실한 힘으로 여기며 종교 속에 포괄한다. 그들은 죽음을 두려움 없이 기다린다. 이에 반해 우리 인생은, 그 근본적인 요소인 긴장과 두려움을 빼놓고 상상할 수 없다. 어쩔 수 없이 생활 영역을 벗어나서 익숙한 위안, 그러니까 살아 숨 쉬는 얼굴, 고동치는 심장, 계절에 따라 아름답게 변하는 풍경에서 벗어나서, 우리는 결국 마지막 희망마저도 갈가리 찢어 놓는 강한 고산풍에 몸을 맡길 수밖에 없다. 바람의 방향은 어디로 바뀔까? 주위엔 황량함, 현무암 바위 협곡, 누런 황무지, 메마른 달빛 계곡, 탄산칼슘 시냇물과 죽어 가는 물고기들이 떠내려가는 은빛 강물뿐. 어디란 말인가? 오, 당황스러워라,

얼어붙은 영혼의 날개여! 낮은 구름 한 점 없이 찬란하고 밤은 차가운 별들이 반짝거리는데, 우리는 낮과 밤의 순환조차 느끼지 못한다.

우리는 때때로 슬픔에, 애끓는 향수와 쓰라린 후회에 연연한다. 그러나 자신의 죄는 알지 못한다. 처음을 기억하지 못한다(누가 나를 이곳으로 이끌었을까?). 또다시 원망하고 타인에게 도움을 구하고 또다시 사랑한다! 우리는 미망의 바다에서 허우적거리며 의지하고 기도한다. 그리고 그리운 얼굴이 보이면 그 실체 없는 두려움을 잊는다. 하지만 어떻게 그 두려움에 맞설 수 있을까?

아, 다시는 가위에 눌리지 않고 잠에서 깰 수 있다면, 다시는 두려움에 혼자 내던져지지 않을 수 있다면, 이 세상의 행복한 호흡을 느낄 수 있다면 얼마나 좋을까!

아, 다시 한번 살 수 있다면!

테헤란에서

이글이글 타오르는 테헤란의 열기는 마치 둥근 화덕이 담장을 달구는 것 같았다. 저녁이 되면 담벼락을 뚫고 나온 열기가 좁은 골목과 응달 없는 넓은 신작로를 가득 채우는 탓에, 그나마 시원한 밤공기마저도 미풍에 실려 들어오지 못했다. 셰미란[1]의 정원들 사정은 조금 낫다. 정원을 나서면 아른아른 하얀 빛이 우리를 엄습했고 이슬이 내려앉은 절벽이 뿌옇게 모습을 드러냈다. 열기가 베일처럼 그 앞에 자리하기 때문이었다. 하늘도 아주 하얀 베일에 가려 있고 희뿌연 안개가 대지를 감싸고 있었다. 불과 한 달 전만 해도 옅은 녹색과 초록과 흙색이었다. 목초지와 전답과 갈아 놓은 들판으로 인하여. 그런데 지금은 텅 빈 황무지다. 옛 도시 레이[2]의 잔재가 남아 있는 테헤란 너머로는 파도가 넘실거리는 먼지의 바다다. 그곳,

---

1   Shemirān, 테헤란의 최북단 지역.

2   Rhages, 고대 이란의 수도로 오늘날 테헤란으로 편입되었다.

쿰[3]으로 가는 도로에는 지금도 밤마다 늘 낙타 대상(隊商)이 종을 울리며 지나간다…….

쿰은 신성한 도시다. 테헤란에서 이스파한으로 가는 도로에서 넓은 강 너머로 황금빛 모스크가 보인다. 우회로로 도심에 들어가면 바자르(시장)와 궁정을 구경할 수 없다. 폐허 옆 오아시스 마을인 샤압둘아짐 사원에서도 황금빛 궁륭을 볼 수 있다. 가장 번쩍이는 황금빛의 신성한 궁륭은 멀리 북동쪽 사마르칸트의 아주 오래된 도로변에 있는 도시 마샤드[4]에 자리해 있다.

몇 주 전 왕은 몸소 이름을 붙인 팔레비 모자[5] 대신에 유럽식 모자를 착용할 것을 권했다. 그리고 여자는 길거리에서도 차도르를 쓰지 않아도 된다고 발표했는데, 여기저기에서, 특히 신성한 도시의 곳곳에서 우려의 목소리가 불거졌다. 팔레비 모자는 얼굴이 거의 보이지 않는 챙 모자다. 그것을 쓰면 범죄자나 부랑자처럼 보여서 보기 흉하긴 하다. 하지만 챙을 목덜미 쪽으로 돌려 놓으면 기도를 올릴 때 머리를 노출하지 않아도 규정대로 이마를 바닥에 댈 수 있다. 유럽의 펠트모자, 밀짚모자, 중산모를 쓰고서는 불가능한 일이다. 그런 이유로 물라[6]들은 자신들에게 때가 왔다고 믿으며 비밀 모임이 이뤄지는 곳이나 모스크 안마당에서 대중에게 설교해야 했다.

---

3 Qum, 이란의 수도 테헤란에서 120킬로미터 떨어져 있는 오아시스에 위치한 도시로, 시아파의 순례지다.

4 Mashad, 이란 최대의 종교도시로 시아파 이슬람교의 성스러운 일곱 장소 중 하나.

5 이란의 원통형 챙모자.

6 Mullah, 이슬람의 법률 및 종교학자에 대한 경칭.

사람들은 신문을 읽었다. 주민들은 새로운 문명의 제도를 환호성을 올리며 반겼다. 장관과 주지사 들은 만찬을 베풀었다. 만찬에 초대받은 부인들은 차도르를 착용할 수 없었다. 그러자 만찬장 입구에 많은 사람이 몰려들었다. 몹시 부끄러운 듯 혼이 나간 표정의 여성들이 마차에서 내리는 광경은 좋은 구경거리였다. 식사 시간 동안 하인들은 밖에 있는 휴대품 보관소에서 손님들이 맡긴 팔레비 모자를 버렸다. 손님들은 초대받은 집을 떠날 때 준비해 놓은 파랑기 모자[7]를 하나씩 구입했다. 아무것도 쓰지 않고 집으로 돌아갈 수는 없었기 때문이다. 이는 전형적인 서구화나 다름없었다! 표트르 대제가 대귀족들의 아시아식 수염을 깎도록 한 것과 다름없었다! 페르시아인들은 수염을 좀 더 오랫동안 유지했다. 이란의 외교관들은 수염 대신에 이제 양 모서리가 뾰족한 모자를 써도 되었다. 그것은 진보 사상에 도취한 서구인들이 프랑스 혁명 이후에 인권과 함께 도입한 것이다. 인권 개념이 정립되면서 인간의 수명은 길어졌다. 헝가리의 마자르인들은 국회 의원이 돼서 본인의 애국심을 입증하려면 콧수염을 길러야 했다. 그들은 수염을 말아 올린 다음, 꼿꼿이 설 수 있도록 끄트머리에 포마드를 듬뿍 발랐다. 그렇다면 페르시아 왕은 오래된 훌륭한 인권을 도입하기 위한 모범을 어디에서 찾아야 할까?

팔레비 모자 때문에 테헤란 바자르는 사흘 동안 폐쇄되었다. 정말 마샤드에서 신성한 모스크를 포격했을까? 병사들이 동지들과 성전에 총 쏘기를 거부해서 아르메니아와 이스라엘 병사들로 대체했다는 얘기가 들렸다. 사망자 숫자도 언급되

---

7   서구식 모자를 뜻한다. 파랑기는 프랑크인을 뜻하는 페르시아어.

었다.

페르시아의 여름 중에서도 가장 무더운 나날의 연속이었다. 담장이 매우 높은 데다 초록 나무가 빽빽하게 들어찬 셰미란의 몇몇 정원은 온실처럼 습하고 더웠다. 썩어 가는 연못에서는 모기 떼가 윙윙거렸다. 내가 말라리아에 걸린 것은 이번이 두 번째다. 밤에는 바깥공기가 약간 선선했지만 열기는 여전히 올라왔다. 정원을 다시 나섰다. 테헤란 주변은 바짝 가물었다. 단조로운 누런 대지 위에 놓인 정원들이 어두운 섬처럼 보였다. 들판 저 앞쪽으로 젊은 병사가 걸어갔다. 군화와 각반이 먼지로 뽀얬다. 손에는 가방과 철모 상자가 들려 있다. 나는 차를 세운 뒤 올라타라고 했다. 그는 미소를 지었다. 빨갛게 달구어진 얼굴에 땀이 비 오듯 흘렀다. 우리는 뜨거운 열기로 이글거리는 바짝 마른 들판을 달렸다. 이어서 아주 깜깜하게 보이는 데자슙의 작은 바자르를 통과했다. 시장 안 상인들의 얼굴과 아이들, 여성들의 베일이 밝은 얼룩처럼 보였다. 커다란 타즈리시 광장은 텅 비었다. 사륜 마차에 묶인 비쩍 마른 하얀 말들이 햇빛을 받으며 넋이 나간 듯 서 있었다. 나는 텅 빈 광장을 걸어가는 병사를 바라보았다. 먼지를 잔뜩 품은 햇볕을 가로질러 가고 있었다. 광장 다른 쪽 끝에서는 헌병이 보였다. 그는 팔로 어떤 신호를 했는데 필시 내게 보내는 것이었다. 분명 그는 내가 이해할 거라고 기대하지 않았을 것이다. 이런 뜨거운 열기 속에서는 각자 자기 자신을 챙기기도 버겁다……

이어서 커다란 문으로 어떤 정원에 접어든다. 어둠과 그늘이 파도처럼 나를 덮친다. 한기, 흙, 나뭇잎 냄새, 가로수길, 그리고 길까지 뻗어 나온 나무뿌리. 그래서 급하게 커브를 돌면 차가 옆으로 미끄러지는 게 느껴진다. 세 걸음이면 집에 다다를 거리! 나는 차를 그늘에 세우고 내린 뒤에 하얀 테라스를 거쳐 촘촘한 방충망으로 된 이중문을 지나간다. 거실에서 피아노 소리가 들린다. 자디카가 또 연습을 하는군. 나는 생각한다. 여기는 모든 것이 옛날 그대로군. 안도의 한숨을 내쉰다. 햇빛에 지쳐 죽은 듯하고 변한 듯한 초원을 극도의 두려움에 휩싸여 운전한 뒤였다.

자디카는 열세 살이다. 그 아이는 세상에서 가장 아름다운 피조물의 하나다. 이마에 머리띠를 하고 흑발을 하나로 묶은 촌스러운 머리 모양의 소녀, 누비아인[8]의 두상. 옅은 갈색 얼굴에 동물의 눈처럼 온화하고 커다란 금빛 눈동자. 그녀는 콧등이 넓어서 항상 콧구멍을 벌름거리며 숨을 쉬는 듯 보인다. 킁킁거리며 냄새를 맡았고 목소리는 부드럽고 감미로우며 어린애다운 매력이 있다. 아크나톤의 두상이 우아한 딸들에게서 완성되었듯이, 자디카도 꽃처럼 활짝 핀, 약간 돌출한 입과 어린아이의 고집과 단호함이 엿보이는 턱, 가느다란 목, 약간의 자존심과 근심으로 굽은 목덜미를 지녔다. 자디카는 나이보다 어려 보였지만, 나이보다 훨씬 진지하고 세심하며 과묵하고 다정했다. 사람들은 이 아이를 항상 넋을 잃고 바라보았다.

자디카의 언니가 커다란 나무 밑의 내 옆에 누워 있다. 누군가가 우리에게 베개와 잔에 김이 서릴 정도로 차가운 물을 가져다주었다.

"난 이제 떠나야 해." 내가 말한다.

8　고대 이집트 남부 누비아 지역에 거주하는 나일사하라어족 흑인.

"영국 친구들에게로?"

"응, 라흐르 계곡 캠프에 있거든."

"언제?"

"내일."

우리 사이에는 잠시 정적이 흐른다. 테니스장에서 사람들의 고함과 메마른 땅에 공이 튀는 소리가 들린다.

"거기에서 열이라도 나면 어떡하려고?"

나는 그녀를 바라보았다. 그녀가 팔꿈치로 몸을 받치고 일어난다. 깃발 같은 머리카락이 얼굴을 덮고 있었다. 그녀는 예뻤다. 하지만 이복 여동생과는 눈곱만치도 닮지 않았다. 나는 그녀가 체르케스와 아라비아 혈통이라고 생각했다. 너무 창백해서 연약해 보이는 그녀의 얼굴과 열이 올라 붉어진 눈동자를 빤히 바라보았다.

"그럼 너는?" 내가 물었다.

"체온은 재 보지 않았지만 늘 열이 있는 상태야. 나는 좀 달라. 열이 나도 별달리 할 게 없어."

"이곳 날씨는 너한테 좋지 않아." 나는 말했다.

그녀는 어깨를 으쓱했다. "우리 모두한테 나빠. 너도 알다시피 나는 라흐르 계곡에 가지 못해! 그곳은 절대로 못 가."

"시도라도 해 보면 안 돼?"

그녀는 내 입을 손으로 가볍게 건드렸다. "그만해. 어쨌거나 넌 그곳에 가면 정말 기쁘겠지."

행복한 골짜기 등반

아발라에서는 노새들이 기다리고 있었다. 아침 8시였다. 햇빛이 우리를 마주하고 좁은 고갯길에 내리쬐었다. 뒤로는 테헤란에서부터 시작된, 질식할 듯 답답한 사막 초원을 관통하는 길이 있었다. 또 그 뒤로는 단단한 구릉 지대와 높낮이가 다양한 누런 모래언덕을 거쳐 고갯길이 이어진다. 고개 꼭대기에서 무서울 정도로 가파른 곡선길을 돌아 내려오면 곧바로 루다핸드 분지로 연결된다. 자동차로 두 시간 거리이지만 이제 모든 것이 멀리 있다. 이제 모든 것이 사라졌다. 우리 앞에 새날이 기다리고 있다!

우리의 루트는 제일 먼저 작은 언덕 사이에 자리 잡은 좁은 계곡으로 이어졌다. 개울가 초록의 둔덕은 바구니 테두리처럼 비좁아서 경사진 산비탈까지 물이 넘쳐 흘렀다. 드디어 개암나무 숲을 지나 포도밭에 도착했다.

그리고 산길이 시작되었다. 탐험모를 목덜미까지 내려 놓고 앞장서서 걷는 클로드의 모습이 보였다. 편자가 작아서 맞지 않는 노새들이 참을성 있게 자갈밭을 걸었다. 산길을 오르니 바람이 불고 구름이 빠르게 바뀌었다. 평원 위에서는 구름이 흩어지고 있었다. 보이는 것은 바다처럼 드넓은 하늘과 질식할 것 같은 황량한 대지뿐이었다. 우리는 몸을 돌렸다. 계곡 저편, 모래, 오직 모래로만 쌓아 올린 눈에 띄는 산맥 저편에 가파르면서 넓은, 끊임없이 잔물결을 일으키는 경사지가 있었다. 그것은 언제든 널빤지를 타고 계곡으로 달릴 수 있는 눈비탈이나 아련하게 잔물결을 일으키며 눈사태로까지 번지는 눈비탈을 연상시켰다. 하지만 모래 위로 은빛 암벽이 높이 솟아 있었다. 파란 하늘 아래 미동도 없이.

우리는 산길 꼭대기에서 계곡으로 내려갔다. 두 산 사이에 놓인 계곡은 절벽이나 다름없었다. 아래에는 아무것도 없었다. 물이 흐르지 않는 골짜기였다. 세상으로부터 아득히 먼, 식물과 나무로부터 아득히 먼 골짜기. 대신 뜨거운 열기를 잔뜩 머금은 돌멩이만 가득할 뿐. 회색 독사와 도마뱀들, 부드럽게 돌돌 몸을 말고 미동도 없이, 눈빛만 살아 있을 뿐, 핀 모양의 작고 검은 머리, 그리고 가는 혀……

죽은 듯 고요한 달빛 골짜기 어딘가에도 샘이 있을 것이다. 우리가 찾은 것은 움푹 팬 구덩이였다. 그 안으로 수면이 보였다. 새의 심장 박동처럼 모래 속에 가느다란 물기둥을 만들며 희미하게 움직이는.

우리는 두 손으로 몸을 지탱하고 물은 마셨다. 옆에는 눈이 반쯤 감긴 노새가 서 있었다. 돌투성이 산비탈에는 양들이 원을 그리며 있었다. 모두 머리를 안쪽으로 숙인 채 자신만의 그늘을 만들면서. 그들은 하루의 끝을 기다렸다.

우리는 몽유병자처럼 두 번째 산길을 오르기 시작했다. 이제 몰이꾼들조차 노래를 부르지 않았다. 정오의 산바람을 맞으며 잠에 취해 걷는 노새 행렬의 걸음 소리와 놀라울 정도로 똑같은 노래이긴 했지만.

우리는 수목 한계선 너머까지 올라왔다. 더 위로는 해안 절벽이 바닷속에 뛰어든 듯한 절벽이 하늘로 우뚝 솟아 있었다. 그런데 거기에서 돌연 전설의 동물 같은 낙타 무리가 보인다. 낙타 떼는 좁은 풀밭과 이상할 정도로 평행하게 목을 쭉 뻗고 그 위를 저벅저벅 걷는다. 이제 박자를 맞춰 풀을 뜯고 박자를 맞춰 다시 목을 길게 뽑는다. 그러나 그 자리에 우뚝 멈춰 선다. 금방이라도 하늘에서 우리 위로 털썩 떨어지지는 않을까 두려울 정도로 크고 위협적이다. 그러다 낙타 떼는 아래쪽으로 빨리 걸음을 옮긴다. 혹은 흔들거리고 다리는 건들거린다. 우리는 정확히 고갯길 정상에서 마주친다. 그때 낙타 무리 뒤편에서 마법 같은 형상이 나타난다. 삼각뿔 모양의 다마반드산[9]이.

이제 계속 다마반드산을 마주하고 걷는다. 산길은 완만하게 내리막길을 이루다가 자갈밭 협곡을 통과하면서 폭이 넓은 골짜기로 이어진다. 횡단하는 데 한 시간이 걸린다. 다마반드산의 끝자락은 점점 넓어진다. 다마반드산은 달처럼 매끈한 원뿔 모양이다. 사방 어디에서 봐도 그렇다. 겨울에는 하얗다. 천상의 하얀색. 지금, 7월에는 얼룩말처럼 줄무늬를 이루고 있다. 위에서 아주 오래된 비크니산 분화구에서 내뿜는 가벼운 유황 증기를 볼 수 있다. 아시리아인들은 "아주 오래된

---

9 이란 북부 엘부르즈산맥의 최고봉. 해발 고도 5671미터. 테헤란 북동쪽 72킬로미터 지점에 있다. 성층 화산으로 분화구는 퇴적물이 쌓여 있으며, 분기공에서는 약간의 가스가 나온다. 다마반드는 '정령이 사는 곳'이라는 뜻이다. 조로아스터교의 성지이며, 노아의 방주가 정박한 곳이라는 전설이 있다.

메디아"[10]의 새로운 민족이 분화구의 바닥까지 확산되었다고 기록한 것처럼, 분화구를 메디아라고 불렀다. 그러나 그들은 그것이 불을 뿜었다는 사실을 전혀 알지 못했다. 벌써 3000년 전에 활동을 멈추었으니! 유사 이래!

그 넓은 분지는 아직 라흐르 계곡이 아니다. 이름이 있거나 없는 수많은 계곡이 여기에서 거품이 이는 개울과 합류한다. 상류에서는 푸른 산줄기 속에서 합류한다. 우리가 횡단한 녹지대에는 유목민들이 자리 잡고 있다. 염소털로 만든 그들의 검은 천막들은 메소포타미아 사막, 쿠르트의 산들, 비옥한 시리아, 팔레스티나의 것들과 똑같다. 나는 앞에 놓인 소아시아의 옛 나라들을 통과하는 길을 바라본다…… 그 끝에 놓인 골짜기! 다 타 버려 누래진 땅바닥! 검은 염소와 누런 양들이 그 위를 가로질러 간다. 몽실몽실 솜털 뭉치 같다. 타닥타닥 수많은 발걸음 소리가 마치 바스락거리는 바람 소리처럼 들린다. 수천 마리의 메뚜기 소리는 또 다르다. 우리는 메마른 줄기를, 그것의 양피지 같은 날개와 몸통을, 삽시간에 번진 큰 불을 연상시키는 생명체들을 밟고 지나간다.

내 노새가 발을 헛디뎌 넘어진다. 묵직한 양털 코트가 흘러내린다. 나는 두 발로 껑충 뛴다. 졸았나? 몰이꾼의 욕설. 우

---

10 이란 북서부에 자리했던 고대 국가. 기원전 11세기에 역사 무대에 출현하여 기원전 8세기 경 왕국을 건립했으며, 기원전 6세기에 아케메네스조 페르시아의 키루스 2세에 의해 멸망했다. 수도는 금은보화가 가득한 엑바타나(현 하마단)였다. '메디아'란 이름은 그리스인들이 이 지역을 '메디아' 또는 '메데아'라고 지칭한 데서 유래하였다. 구약 성경 「다니엘서」에는 '메데'로 나온다. 종족은 페르시아인과 더불어 아리아인의 후예다. 전성기 때는 영토가 흑해 남부 연안에서 오늘의 이란과 아프가니스탄에 이르기까지의 광활한 지역을 아우르는 대제국으로서 이란의 첫 국가 연맹체였다.

리의 행진은 계속된다⋯⋯

　여덟 시간이 지나서야 분지 끄트머리의 좁은 암석 통로 입구에 이르렀다. 계곡의 굽이진 길 뒤편으로 하얀 천막들이 펼쳐져 있다.

우리 캠프의 하얀 천막들

　강가 풀밭 위에 천막들이 줄지어 서 있다. 인도산이지만 '스위스 오두막'이라고 부르는 것으로 이중으로 제작되었다. 차일은 노란색 소재를 댄 좀 더 작은 안쪽 공간 위쪽에 팽팽하게 펼쳐져 있었다. 모든 천막 앞에는 그렇게 작은 그늘 테라스가 만들어진다. 오전에는 책과 필기구를 들고 앉아 있어도 된다. 강물은 우리 발 옆으로 빠르면서 잔잔하게 계곡 하류로 흘러간다. 그리고 종국에는 한결같이 눈부신 피라미드 모양의 다마반드산 속으로 흘러간다. 계곡 양쪽으로는 회색 바위산, 은빛으로 보일 정도로 밝게 빛나는 회색, 그 위에 남쪽으로는 구름 한 점 없이 눈이 부시게 빛나는 짙은 청색 하늘.

　오후에 골짜기는 햇빛을 받아 환했다. 우리가 천막 뒤에서 낚싯대를 꺼내던 오후 5시쯤에는 그늘이 더 길어진다. 여전히 강물은 은빛이다. 곧 검게 변할 것이다. 아직까지는 옷을 벗고 물에 들어가 강한 물살에 몸을 맡겨도 좋다. 반질반질한 자갈을 양손으로 꼭 잡고 있어야 한다…… 강가에는 언제나 바람이 살랑거려서 젖은 몸을 금세 말려 준다. 목덜미에는 태양의 열기가 느껴진다. 동시에 한기도……

우리 캠프 맞은편 강변 언덕 위의 자갈밭에 차이하나[11]가 있다. 알프스산 율리어 고개 중에서도 가장 높은 양떼 목장에 있는 산장처럼 조약돌로 지은 차이하나는 지붕과 산비탈이 하나로 어우러져 보일 정도로 경사지의 보호를 받고 있었다. 아프제흐 협로가 거기에서 끝난다. 드자르더루드 계곡에서 라흐르 계곡으로 뻗어 있는 좁은 산길. 여기에서 다마반드산을 빙 돌아 내려가면 마잔다란이다.

마잔다란의 어감이 아주 멋지다. 카스피해의 열대 도시. 정글, 원시림, 습기, 말라리아가 지배하는 곳. 서쪽으로 인접한 길런에서는 논의 물을 빼고 중국인들이 말라리아에 시달리는 소작농들에게 아주 오래된 차 경작술을 가르친다. 작은 해안 마을에는 러시아의 캐비아 어부들이 살고 있다.

동쪽으로는 스텝, 목초지, 투르크메니아인들의 주점이 펼쳐져 있다. 주점은 붉은색과 낙타 색깔의 양탄자, 줄무늬 천막, 말안장으로 장식되어 있다. 그들은 말을 사육한다. 일곱 살짜리 꼬마들이 가을에 드넓은 스텝에서 승마 경기를 펼친다. 크라스노보드스크에서는 러시아 철도가 출발한다. 스텝을 통과하는 단 하나뿐인 레일. 메르브, 부하라, 사마르칸트행. 우리는 이미 그곳에서 가까운, 곱슬머리 타지크인 집에 머물고 있다. 타지크인들의 터전인 파미르 고원은 소련이다. 아시아……

우리는 우리 천막에서 북적거리는 강 저편을 살핀다. 노새 대상이 종을 치고 고함을 지르며 모퉁이를 돌고 있다. 다른

---

11   chaikhana, 중앙아시아의 찻집.

대상들이 계곡에서 나온다. 멀리서 어렴풋이 보인다. 당나귀와 기수, 그리고 간간이 낙타가 보인다. 대상, 유목민, 병사들. 눈이 찢어지고 피부가 검게 그을린 병사들이 안장에 앉아 있다. 두 발을 앞으로 쭉 뻗고 고삐를 잡고 내달린다. 모두 차이하나 앞에서 멈춘다. 많은 사람이 이곳에서 밤을 보낸다.

　동물들이 풀이 많은 강가에서 풀을 뜯거나 모래 제방에서 몸을 뒹군다. 우리는 어둠 속 저편에서 칸[12]의 출입구를 가득 채운 빨간 불빛을 바라본다. 사람들이 사모바르[13] 주위에 둘러앉아 있다……

12　Khan. 중앙아시아에서 여행자들이 쉴 수 있도록 길가에 만든 주막.

13　Samovar. 러시아 주전자.

모스크바의 추억

8월 초순이다. 일 년 전에 러시아 여행을 다녀왔다. 더웠다. 모스크바 거리는 이글이글 타올랐고 하늘엔 흰 구름이 항상 뭉게뭉게 떠 있었다. 비행장 위에는 날것들이 교차 비행을 하며 폭풍 직전의 범선처럼 아슬아슬하게 균형을 잡았다. 젊은이들은 낙하 곡예에 흥분했다. 5000~6000미터 상공에서 스카이다이버들이 아찔한 허공으로 몸을 던졌다. 마치 돌처럼 떨어지며 공기 압력에 죽지 않으려고 노래를 불렀다. 그 노래의 일부가 우리한테까지 전해진 듯하더니, 그들이 어느새 아주 낮게 라디오 타워의 은빛 첨탑 근처까지 내려와서 낙하산을 열어젖히고 천천히 땅으로 다가왔다. 얼마나 걸렸을까? 일 분쯤? 스카이다이버들이 떨어지는 모습을 바라본다. 놀라울 정도로 천천히 떨어지면서 둥실둥실 떠 있는 모습을. 그런데 모든 것이 순식간이었다. 열여섯 살의 여성 노동자가 3000미터 상공에서 뛰어내리다가 목숨을 잃었다. 그녀는 뒤늦게 발견되었다. 낙하산을 열어젖혀야 할 손이 낙하산 줄이 아니라 어깨의 안전벨트를 움켜잡고 있었다. 그녀는 "민중의 영웅"으로 불리게 될까?

하얀 가운이나 지하철 노동자의 기름에 전 작업복을 입고 거리를 가득 채운 젊은이들을 명예욕이 채찍질한다. 늦은 밤까지. '청년의 날'은 그들이 모두 붉은 광장을 행진할 때까지 열 시간 동안 계속되었다. 그리고 그들은 시인들을 보기 위해 매일 의사당과 귀족들의 고풍스러운 저택으로 몰려들었다. 처음엔 고리키, 그다음엔 좀 젊은 시인들을 보기 위해. 그들은 시인들에게 러시아에 대한 책을, 마도로스와 비행에 관련한 책을, 과학자와 지하철 노동자와 집단 농장 노동자에 대한 책을 요구한다. 그리고 여성, 학생, 낙하 곡예 영웅들에 대한 책을 요구한다. 그것은 예술에 대한 걱정일 수 있다……

"페르시아에서 무엇을 찾고 싶으세요?" 말로가 물었다. 그는 폐허가 된 도시 레이를 알고 있었다. 발굴에 대한 열기도 알고 있었다. 그는 인간의 열정에 대해 깊이 사고했으며 날카로운 통찰력을 갖고 있었다. 말로는 마지막에 남는 것은 기껏해야 고통뿐이라며 인간의 열정을 무시하는 경향이 있었다. 그가 다시 내게 물었다. "기껏 이름 때문에? 그저 멀리 떨어져 있으려고?" 그때 문득 페르시아의 끔찍한 슬픔이 떠올랐다……

나는 당시 종종 에바와 함께 있었다. 그녀의 남편은 당원이었다. 그는 현대, 무엇보다 바로 오늘 이 시간 속 하나의 공동체를 위해, 미래의 공동체를 위해 싸울 필연성을 엄격하고 열정적으로 설파했다.

그는 자기 자신을 타바리시[14]라고 불렀다. 그렇지만 뛰

---

14   товарищ. 러시아어로 동지를 뜻한다.

어난 재능을 가진 사람은 예나 지금이나 거리를 두고 서서 자신을 받아 주기를 갈망하듯이, 동지들 사이에서 외로움을 느꼈다. 예수회 수련생이었던 그는 몹시 낙담하여, '크레도 퀴아 압수르둠'[15]을 거부했다. 그리고 고결한 영적인 만족을 포기하고 세상의 결핍을 수용하는 타협을 거절했다. 동시에 민중들에게 내세의 행복을 설파하면서 복종을 강요하는 타협을 거부하는 방식으로 예수회를 비난했다. 그것을 통해 청춘의 혁명적인 본능(이것은 인류의 진보에 대한 사상의 영원한 보증인이다.)을 전투적인 훈련과 그것의 희생자를 이상화하는 것으로 통치 권력을 잘못 사용할 수 있다고 생각했다. 그는 모든 것을 비판했다. 동포들이 겪은 극도의 가난과 폭력과 불공평, 그리고 고통과 점차 커지는 반항심을 직면했을 때.

"슈펭글러의 『결단의 시간』을 읽어 보셨나요?" 그가 내게 물었다. "정말 지혜롭고, 예지력이 대단해요…… 그런데 이 '용감한 비관주의자'는 왜 그렇게 무조건 죽어 가는 세상의 편을 들었을까요? 그는 왜 다가오는 새로운 모든 것, 출산의 진통과 성장의 문제에 있는 모든 것을 증오했을까요? 노동자를, 아시아 대륙을, 역사의식에 눈을 뜬 아시아의 민중을 말이죠? 군대를 갖고 있음에도 역사의 비극적인 변혁을 막을 수 없는 여전히 합헌적인 군주제를 왜 새로운 그 어떤 것보다 선호했을까요? 그는 세상을 지배하는 경직되고 역겨운 질서에 굽실거리며 복종합니다. 하지만 투쟁과 죽음이 운명인 우리 세대는 적어도 미래의 편이 되고 싶습니다."

---

15 Credo quia absurdum, "불합리함으로 나는 믿는다."라는 뜻으로 중세 가톨릭 신학의 중요한 교부인 테툴리아누스의 문장이다.

그는 밤낮으로 일했다. 늘 지치고 수척해 보였지만 내면의 불꽃으로 이글이글 타올라서 마치 전투적인 수도사 같았다. 가끔은 학자처럼 보였다. 그는 시민적인 옷을 입었다. 대충 짙은 청색 정장에 넥타이를 했다. 그의 아내는 섬세하고 조용한 성격으로 향수병에 시달리는 금발 여성이었다. 그녀는 홀슈타인의 농가에서 성장했다. 거기에서 남동생들과 평생을 살았으면 좋았을 것이다. 과일 잼을 만들고 빵을 굽고 닭 농장과 꽃이 만발한 커다란 정원을 돌보았으면 좋았을 것이다. 그녀의 남편은 이제 반년 동안 시리아에 가 있을 예정이었다. 그녀는 그것을 두려워했다.

"당연히……" 그가 입을 열었다(우리 셋은 저녁 식사 중이었다). "혁명은 장난이 아니야. 시인들이 모여서 하는 회의가 아니라고."

"나도 데려가면 안 돼?"

"불가능해. 방해만 될 뿐이야."

"그러면 스위스는?" 그녀가 조심스럽게 물었다.

"스위스?" 그가 화가 나서 되물었다. "아스코나에? 친구들한테? 왜 곧장 독일로 안 가고? 그게 당신 본심이야?"

에바는 울기 시작했다.

그가 내게 고개를 돌렸다. "당신이 에바한테 설명 좀 해 주시면 안 될까요? 나는 에바가 모스크바에 머물면서 방직 공장 노동자로 일했으면 좋겠어요. 설명 좀 해 주세요. 아내가 아스코나에 놀러 가고 싶어 한다는 걸 동지들한테 얘기하지 못하겠어요. 내 아내는 본인의 역할을 해내는 사람이어야만 해요."

"당신 아내는 향수병을 앓고 있어요." 내가 대답했다.

"당신은요?" 그가 냉정하게 물었다. "당신은 향수병 같은 거 없어요? 당신은 왜 불편한 삶을 선택했습니까?"

그는 밤 모임이 있다며 외출했다. 에바와 나는 그대로 테이블에 앉아 있었다. 에바는 홀슈타인을 추억하는 것처럼 보였다. 홀슈타인 초원의 얼룩소와 구스베리 나무를. 나는 우리 집 주변을 그려 보았다……

에바는 울음을 그쳤다.

어느 날 나는 카스피해의 작은 러시아 증기선에 홀로 있었다. 우리는 다음 날 저녁에 팔레비에 도착했다. 비가 내렸다. 비가 억수같이 퍼붓는 해변에 흰꼬리수리 한 마리가 앉아서 바다 건너 저편을 응시하고 있었다. 9월이었다. 여름은 끝났다. 이제 러시아 여행도 끝이었다. 포도밭이, 러시아의 푸르른 언덕이 가물가물 사라지는 것을 바라보았다. 이제 티플리스와 바쿠 사이의 반사막 지대가 나타났다. 다시 아시아로의 귀환이었다. 저 멀리 대상의 흔적이, 선두에 있는 낙타의 무리가 보였다……

조지아의 군용 도로는 이미 추억이 되었다. 차가운 물이 콸콸 흐르던 골짜기, 높은 암벽, 그 뒤편으로 구름 속에서 불쑥 파란 하늘로 떠오른 카스베크산 꼭대기. 여름날 저녁의 마을 풍경들……

한 친구가 팔레비로 마중을 나왔다. 우리는 해안선을 따라 달렸다. 물이 너무 가까워서 때로는 파도가 자동차 바퀴 아래에서 일렁거리다가 깃발처럼 공중으로 높이 솟구쳤다. 젖은 모래는 눈처럼 무거웠다. 사위는 어두워졌고, 모래언덕 뒤 레시트 밀림에는 안개와 어스름이 가득 내려앉았다. 안개 속에서 불빛이 빛났다. 열린 오두막 안쪽 묵직한 초가지붕 밑에 길런의 농부들이 앉아 있었다. 불그스름한 램프 옆에 말라리 아에 시달린, 유령처럼 창백한 얼굴들이 보였다. 여름 동안 바짝 말라서 이제는 잎이 떨어진 나무 사이로 바람이 불었다. 바자르 골목이 밝아졌다. 상점마다 램프에 불을 붙였다. 빵집 주인들은 둥근 화덕에서 나오는 불빛 속에 서서 납작한 연갈색 빵을 말리기 위해 천 위로 던졌다. 판매대에는 보라색 가지도 진녹색 멜론도 있었다. 수많은 채소와 향신료. 흰 병에 담긴 아라크와 보드카도 보였다. 상인들은 광주리 뒤에 쪼그리고 앉아 있었다.

우리는 레시트에서 밤을 보냈다. 이튿날은 종일 주룩주룩 비가 내렸다. 우리는 세피드루드 골짜기를 지나 커다란 카스윈 고갯길로 갔다. 그 너머에 평야가 있고 오아시스에 도시 카스윈이 있었다. 알록달록한 성문 뒤로 평야가 펼쳐져 있었다. 테헤란까지 이어지는.

세상의 끝

우리는 때때로 이 골짜기를 '세상의 끝'이라고 부른다. 이 세상의 고원들 위로 우뚝 솟아 있기 때문이다. 또 하늘과 맞닿아 있는 신성하고 초인적인, 다시 말해 거인의 미끄러운 원뿔로 연결되기 때문이다. 거인이 계곡의 출구를 막고 있다. 눈 덮인 몸통 쪽으로 더 가까이 움직이면, 달처럼 아득한 거인의 모습이 장관이다.

내가 물었다. "계곡의 끝은 대체 어디로 연결되나요? 이 계곡의 물은 어디로 흘러가나요?" 목동들이 손으로 다마반드 산허리의 오른쪽을 가리켰다.(이 산의 둘레는 대체 얼마나 큰 것일까? 계곡물이 흘러가는 산허리 안쪽에는 지금도 이글이글 타오르는 불꽃에 암석들이 녹아내리고 있을까?)

분명, 더 내려가면 이 계곡은 마잔다란으로 이어진다. 제일 처음엔 초록의 알프마텐으로. 그다음엔 숲으로, 곰과 늑대와 표범과 살쾡이가 사는 원시림으로 연결된다. 그다음 열대 정글과 모래언덕으로. 그리고 드디어 바람의 평원 사이 잿빛의 카스피해로. 마을과 마을은 마법에 걸렸다. 비탈길에는 동물의 빛바랜 두개골이 나뒹군다. 그것들은 마법의 힘에 둘러싸여 있다. 사구가 바다의 요새처럼 적막감을, 바람마저 잠든 적막감을 봉인한 채 보호하고 있다. 하지만 어디선가 흐르는 물소리가 들린다. 그뿐만 아니라 동쪽 초원 지대로 날아가는 새들의 울음소리도……

라흐르 계곡은 강이 점점 좁아지고 각기 다른 지류로 갈라지면서 사라졌다가 시커먼 절벽으로 이어진다. 그 지류들은 다시 평원을 지나서 드넓은 분지로 흘러든다. 그곳에는 유목민들이 쳐 놓은 천막이 있다. 저녁 강물은 잔잔하다. 그늘이 드리운 초원 위로 혈관 같은 강물이 은빛으로 빛난다. 뒤에는 절벽이 우뚝 솟아 있다. 아, 올라가 보고 싶어! 아시아의 지붕과 고원을 둘러싼 연산(連山)과 낭떠러지를 보고 싶어! 아래쪽 푸른 페르시아만으로, 비좁은 항구 도시들, 반다르부셰르와 반다르아바스로 이어지는 노부인의 협로를 보고 싶어! 그곳 유럽의 영사관들은 쇠락하고 있다. 영국 관리 혼자만 남았다. 그는 매일 저녁 7시쯤이면 항구에 있는 호텔 바에 간다. 밀수꾼들과 해양 경찰들 사이에 흰색 야회복을 입고 진 압생트를 마신다. 아래층은 뜨겁다. 정박해 놓은 배의 돛들은 보라색이다. 가끔 칠흑 같은 수평선에서 불꽃이 보이면, 사람들은 배에 불이 붙었다고 생각한다. 하지만 그것은 떠오르는 달이다. 열기로 달구어진 해안에는 때때로 모래 폭풍이 인다. 이 폭풍은 네 시간 전에 인도를 거쳐 카라치에 상륙했다가 발루치스탄까지 날아갔다. 이제 모래가 마치 눈처럼 부셰르의 주택을 뒤덮었다. 저 산 어딘가엔 바흐티아리인들[16]이 기다리고

---

16   the Bakhtiari, 이란 남서부 지역의 종족.

있다. 그리고 케피에(아라비아인들이 사용하는 머리에 두르는 천)를 귀와 입까지 덮어쓴 아라비아인들. 밤에는 모래바람이 기둥을 만들며 무시무시한 속도로 휘몰아친다. 모래언덕들이 일제히 솟았다가 바람에 휘말린다. 동물들은 숨도 제대로 못 쉰 채 제자리에 머물러 있다. 아름다운 두 눈에 초점을 잃은 가젤들……

"그리고 그는 세상의 아름다움을 굽어보았다." 저 멀리 바다로 연결된 마지막 길가에 호르무즈섬이 접해 있다. 한때 포르투갈인들이 점령했던 보물 같은 곳이다. 빽빽한 덤불 숲속에 쌓인 마름돌들, 이 폐허는 멕시코의 교회와 성채를 떠올리게 한다. 하지만 산이 마치 거대한 배가 일주하듯 늘어서 있는 고원에는 페르세폴리스의 기둥들이 남아 있다. 산허리에 솟아 있는 왕의 테라스는 숭고한 과거의 잔해다. 간간이 눈이 쌓여 있다. 위쪽 아케메네스 제국의 무덤들 너머로 다부진 몸통과 곱슬머리처럼 뒤쪽으로 강한 물결 모양 뿔을 가진 야생 양과 염소 무리가 있다. 파수꾼들은 밤에 무덤 동굴에서 거주한다. 그들이 높다란 절벽에서 미끄러져 내려올 때마다 손에 든 횃불로 인해 석조 양각이 살아 움직였다. 사냥꾼, 양치기, 공물을 옮기는 사람과 왕의 모습이 일렬로 새겨진 부조가.

아래쪽으로 달이 하얗게 빛나는 평원에는 큰 목양견들과 털이 몽실몽실한 양 떼가 잠을 자고 있다. 시라즈 쪽 길가에 굽지 않은 찰흙으로 지은 허름한 차이하나가 한 채 있다. 트럭과 쌓아 놓은 벤진 통이 안마당을 가득 채우고 있다. 거기에 운전기사, 노동자와 아편 중독자가 앉아 있다. 그들은 한때 왕궁이 있던 테라스 쪽을 올려다본다. 다리우스 도서관의 보물에 반한 알렉산더 대왕은 향연이 끝난 뒤 술에 취했다. 그리고 보물을 질투한 나머지 왕궁을 전부 불태우도록 했다. 거대한 기둥과 동물 가죽으로 떠받친 지붕이 붕괴할 때, 하나의 세계가 몰락하는 것 같았다. 산바람이 연기와 불꽃을 불러일으켰다. 젊은 왕은 그 파괴의 광경을 즐겼다. 그의 병사들은 고삐 풀린 욕망에 사로잡힌 채 그림자를 드리우며 불꽃 사이를 정신없이 돌아다녔다. 그리고 닥치는 대로 낚아채고 약탈을 하다가 무너지는 들보에 맞아 죽었다……

이 땅의 사람들은 놀라울 정도로 외딴 생활을 한다! 이웃 마을에 가려면 한 걸음에 7마일을 가는 장화[17]를 신어야 할 정도다. 마을과 마을 사이에는 사막과 암벽, 말로 표현할 수 없는 황량함이 있다. 13세기에 아시아 초원의 몽골인들이 페르시아 도시로 물밀 듯이 들이닥쳤다. 아라비아의 작가들은 번성했던 레이 한 도시에서만 100만 주민이 살해당했다고 이야기한다. 다마반드 산간 마을의 농부들은 모스크로 도피했지만 아무런 소용이 없었다. 몽골 기병은 골목길까지 쫓아 들어와서 닥치는 대로 주민을 죽였다. 아주 오래된 산맥에 지은 요새 알라무트까지 찾아냈다. 알라무트는 엘부르즈산 절벽 위에 있는 성곽으로, 그곳을 본거지로 삼아 이스마일파의 지도자가 대마초를 흡입하는 젊은이들을 자객으로 각지로 보내 암살 임무를 수행시켰다. 사막에까지, 십자군의 도시 안티오키아까지, 이집트까지. 알라무트 요새는 이미 전설이 되었다. 그곳은 암벽 덩어리이기 때문에 줄사다리로만 올라갈 수 있었지만, 몽골인들은 그 길을 찾아낸 뒤에 줄사다리를 끊어 버렸다.

---

17   페터 슐레일의 동화에 나오는 요술 장화.

이슬람의 검이 페르시아를 괴롭히는 요즘처럼, 당시 평지인들은 산속으로 피신했다. 그래서 산 끝자락 골짜기에 있는 마을에는 페르시아식 이름이 있으며, 주민들은 아라비아나 몽골인 혈통과 섞이지 않았다. 최고 높이 산맥들이 이들과 다른 민족을 갈라놓은 것이다. 텅 빈 평원은 사막과 초원의 중간 지대로, 이동하는 빛에 따라 바다처럼 굽이치는 달의 나라다. 그리고 끝없이 끝없이 길이 펼쳐져 있다. 아래쪽인 남쪽으로 구릉 등성이에 도시 예즈디 챠스트는 요새처럼 집들이 나란히 능선을 에워싸는데, 그 환상적인 실루엣은 평지까지 드리워진다. 그러나 주택들은 붕괴할 위험에 처해 있다. 벽은 목재를 드러낸 채 잘게 부서지고 텅 빈 창문 사이로 바람 소리가 들린다. 암벽과 도시 주변에는 넓은 연녹색 잔디가 펼쳐져 있다. 그곳에서 양들이 풀을 뜯는다. 사랑스러운 광경이다.

마을과 고원, 모래언덕, 마잔다란의 습지대, 해협의 항구도시에 사람들이 있다. 이들은 바흐티아리 산맥의 유목민, 목동, 투르크멘 초원에서 말을 키우는 사람, 캐비아를 채취하는 어부들이다. 농부와 바자르 상인들이며 제빵사와 구리 대장장이, 칠장이, 양탄자 세탁업자와 같은 수공업자들이다. 카라반 마부와 트럭 운전사도 있다. 노동자와 병사, 거지도 있다. 나는 모스크바에서 이런 질문을 던진 적이 있다. "왜 이웃 나라인 이란에서는 공산주의 프로파간다를 하지 않았나요? 페르시아인들은 이 세상에서 가장 가난한 민중인데요……."

돌아온 답변은 이러했다. "그건 불가능합니다. 그 사람들은 어떤 연대감도 없어요. 공동체 의식이 없지요. 그들은 너무 떨어져 살아서 가난과 빈곤을 알지 못해요. 그뿐만 아니라 더 잘살 수 있다는 것, 더 행복해질 수 있다는 것도 알지 못합니

다. 그들은 신이 그들을 각각의 불행으로 다스린다고 생각해
요."

　　그러나 예즈디 차스트보다 외딴 산속 마을보다 초원 유목
민들의 텐트보다 라흐르 계곡이 훨씬 고적하다. 그것은 수목
생육 한계선처럼 이미 인간의 흔적 너머에 있다. 여름에 유목
민과 노새 마부가 이 계곡을 지나가지만, 그들이 머무는 것은
단 몇 달뿐이다. 골짜기에는 눈이 쌓인다.

기진맥진한 한 사람

그대는 누구한테도 방해받지 않던 우리의 시간을 기억하나요?
우리가 함께한 시간, 우리 둘만 있던 시간을……
그것은 커다란 승리였지요! 둘 다 자유롭고 당당했고
그리고 깨어 있고 생기발랄하고 찬란했지요,
영혼과 마음과 두 눈과 얼굴이.
둘 다 천상의 평화를 느끼던 그 시간을!
— 횔더린

사람이 모든 힘을 잃으면 무슨 일이 벌어질까?(병에 걸린
것도, 괴로운 일이 있는 것도, 불행이 닥친 것도 아니다. 그것이 더 나쁘
다.) 어느 날 아침에 한 사람이 천막 앞에 앉아서 강을 바라본
다. 저쪽 깊은 물가 풀밭에는 노새들이 있다. 바람이 마치 이
삭이 여문 밭처럼 약간 굽이치다가 차이하나의 문틈에서 새
어 나온 연기를 좁은 오솔길로 옮겨 놓는다. 샤[18]의 말 관리인
들이 하얀 얼룩말을 타고 급하게 몰면서 목초지에서 돌아온
다. 말들에게 고함을 지르며 자갈밭을 질주한다. 강렬한 햇볕
이 하얗게 내리쬐는 정오다. 바람이 구름이나 먼지 다발처럼
햇빛을 몰고 가는 것처럼 보인다. 건너편을 보느라 두 눈이 피
곤하다. 잿빛 암석, 푸른빛 속 현무암, 절망적일 정도로 고통
스럽다. 흐름이 바뀐 검고 빠른 강물을 한참 바라보자 현기증
이 난다. 알 수 없는 두려움을 느낀다.

---

18   Shar, 페르시아 왕의 호칭.

일어나서 아픈 등을 꼿꼿하게 펴야겠다고 생각한다. 오후에 따뜻하고 어둑한 텐트 안의 야전 침대에 사지를 쭉 뻗고 누우면, 그것이 휴식이 아니라는 것을 알게 된다. 이어서 절망적인 밤이라는 시간의 두려움! 밤은 지나가고, 회색, 노랑, 금빛 여명과 함께 다른 날이 시작되리라. 그리고 강물의 놀라운 변신이 시작되리라. 깜깜한 밤에 달빛이 흐르는 강은 거울과 같다. 사방으로 평평하게 물줄기를 뻗쳐 나가서 야트막한 언덕을 일그러뜨리고 암벽들을 옆으로 물러나게 한다. 달빛이 드넓게 비치는 강물 속에서 물고기들이 잠자듯 배를 위로 드러내 놓고 미끄러진다, 아니면 죽었나?

낮에는 산과 산 사이를 빠르게 흐르는 물, 자갈돌 위에서 은빛으로 반짝이는 태양의 흑점. 또 다른 날!

그런데 무엇을 시작할까? 어제와 똑같이 해야만 하는 수많은 일이 있지 않을까? 초원을 걷고 계곡 하류를 종횡무진하고 암벽을 기어오르고 상처투성이 손으로 햇빛에 달구어진 거친 돌을 느낀다. 목동과 양떼와 유목민 천막, 150마리의 말, 하얀 모래밭이 있는 계곡 저편을 바라본다. 다마반드산 둘레에 떠 있는 새털구름(또는 연기), 잠과 꿈의 온기, 그리고 저녁에는 강줄기를 따라 밧줄을 던지고 강물을 건넌다. 이것이 인생이다!

무엇을, 지금까지, 바꾸어야 했을까? 천천히 손을 올리고 주먹을 쥔다. 주먹을 쥐는 것은 불가능하다. 김빠진다, 재미없다. 말라리아 열병보다 나쁜, 모든 것에 싫증이 나는, 어떤 것에도 흥미가 생기지 않는 병이 이미 등, 무릎, 목덜미에 생겼다. 두 손이 축축해진다, 극복해야 할 것이 너무 많다고 말한다. 일어서서 걷자! 심장 박동은 빨라지고 강가를 따라 걷는

발걸음은 더 빨라진다. 몸을 던지고 무기력과 절망감으로 울고 싶은 유혹에 굴복하지 않기 위해서. 아, 울지 않을 것이다. 그건 정말 훨씬 나쁜 상황이다. 인간은 누구나 혼자다.

사방의 바람과 산은 결코 적대적이지 않다. 그저 거대할 뿐. 그 안에서 사람은 보이지 않는다. 그래서 모든 것이 무의미하다. 긴장감이 바람에 실려 날아간다…… 도망갈 수 있을지 생각한다. 멈추지 않고 계속 가기를 강요하는 것은 이제 그저 자기 보존일 뿐이다. 사랑한다고 생각했던 사람들의 이름을 더듬기 시작한다. 그들 또한 날아가 버린 듯, 그들의 얼굴이 갈가리 찢긴 듯, 그들의 눈이 초점을 잃은 듯, 그리고 그들의 몸통이 멀리멀리, 손으로 잡을 수 없는 곳으로, 사라져 버렸다…… 아니다, 갑자기 마지막 결심을 했다. 이 상태로 계속 있을 수는 없다. 단 십오 분도, 뭔가를 찾아야만 한다, 구제책을 준비해야만 한다. 두 주먹으로 허리띠를, 엉덩이를 잡고 누르고 몸을 흔들어야만 한다. 문득 달리는 내내 턱을 악물고 있었다는 사실을 깨닫는다. 땀이 비 오듯 쏟아지고 숨이 차다. 그렇지만 마음은 이미 다시 공포로 가득하다. 구역질이 날 것 같다. 끝, 끝에 다다른 것 같다…….

무릎을 꿇고 앉아서 바람 속에 상체를 곧추세운다. 계속 더 갈 것이다, 계속. 어머니(이 단어는 울 때 도움이 된다!)를 생각한다. 나는 처음부터 완전히 잘못했다. 하지만 그것은 내가 아니라 인생이었다. 또 내가 갔던 모든 길, 내가 피했던 모든 길이 여기, 이 '행복한 골짜기'에서 끝났다. 돌아갈 길 없는 이 계곡은 이미 죽음의 장소와 비슷할 수밖에 없다. 저녁 그늘이 내려앉는다. 마지막 산등성이에서 부드럽게 미끄러져 내려와서 산중턱과 솜털처럼 달라붙어 잠자는 동물 무리를 덮는다.

그리고 별빛 속에서 산꼭대기와 성곽이 소리 없이 모습을 드러낸다. 세상 – 끝 – 무대의 배경이 차례차례.

일어선다, 약간 마음의 위로가 된다. 이 나라 바깥의 저 아득히 먼 곳, 일종의 운무 속에 있을지 모를 희망을 수줍게 생각해 본다. 녹색 구릉 지대와 푸른 바다, 흰 돛 그리고 쾌청한 날씨의 온화한 지방, 도시들, 창밖으로 보이는 생동감 넘치는 거리, 항구에서 들리는 뱃고동, 소도시의 어두운 포도주 주점, 구릉과 해안가를 따라 고향으로 이어지는 도로를 떠올린다. 조심스러우면서도 열정적으로 어떤 얼굴을 찾는다. 경건하고 안정된 삶으로 돌아가도록 도와줄, 온기 가득한 어떤 환영(幻影)을. 아, 언젠가 나도 누군가를 도와줄 수 있겠지…

그리고 돌아가는 길에 우리는 지금 계곡의 바람을 맞고 있다. 물을 따라 걷는 것을 피한다. 깊고 어둡고 천천히 흐르는 모래톱에서 미끄러질까 봐, 안절부절못하는 온갖 고통스러운 감정이 지나갈 때까지 그렇게 오랫동안 얼굴을 차가운 공기에 노출해야 할까 봐 두렵다. 노새의 경로를 따라가던 우리의 시선이 천막을 향한다.

천사(캐서린 크레인을 위하여)

그날 밤 천사가 천막으로 들어왔다. 나는 야전 침대에서 천사가 발을 젖히고 들어오는 걸 보았다. 키 큰 나에게는 입구가 낮았는데, 그는 몸을 굽히지도 않고 들어왔다. 천사는 어둠 속에 서 있었지만 내 눈엔 보였다.

"나 돌아왔어." 내가 입을 열었다.

그는 그대로 서 있었다. 하지만 나를 바라보고 있는지는 알 수 없었다. 오히려 바깥의 밤 골짜기에 머물러 있는 듯 보였다. 계곡에 내려앉은 어스름이 다마반드산에 쌓인 눈을 부드럽게 에워싸고 있었다.

"너무 힘들었어." 나는 머뭇거리며 말했다.

"그래." 천사가 대답했다. "나도 너와 악전고투를 벌이고서 너무 힘들었어."

나는 내 삶의 끈을 놓치지 않으려고 천사와 무진 애를 썼던 기억을 떠올렸다. 그때 나는 목숨을 잃을 거라 생각했다.

"강가를 미끄러지듯 걸으면서 어둡고 차가운 죽음의 물 속에 얼굴을 푹 집어넣었어. 그 순간 참을 수 없는 쾌감을 느겼어. 나는 정말로 죽고 싶었어." 천사가 고개를 끄덕이는 것이 보였다. 나는 계속 말을 이었다. "그건 마지막 유혹일 뿐이었어, 최악의 유혹이 아니라. 더는 견딜 수가 없어서 야영지를 떠났어……."

"……네 자신이 더는 견딜 수 없다고 생각했을 때겠지……." 천사가 내 말을 바로잡았다.

"……그리고 강가에 자라는 키 큰 풀 밭과 메뚜기가 있는 낮은 풀밭을 거쳐 목초지를 지나갔어. 바람이 얼굴을 때렸지. 몸을 돌려 바닥에 드러눕고 싶었어. 어떻게 해야 할지 모르겠더라. 하마터면 정말 그럴 뻔했어……."

"하지만 너는 계속 걸었지."

"계속 걸었어. 바람을 맞으면서. 능선을 지나갔어. 거기에서 풀을 뜯던 낙타들을 피해 갔어. 목양견들도."

"날 피해 갈 수는 없었지." 천사가 대꾸했다.

"그다음 골짜기 밑바닥을 건넜어. 넌 내가 이를 악물고, 허리띠를 꽉 쥐고 있던 거 봤니? 고함을 지르지도, 울지도 못하고 있던 나를?"

천사는 대답하지 않았다. 텐트의 측면과 밧줄을 팽팽하게 잡아당기는 바람 소리만 들렸다.

"그리고?" 천사가 물었다.

"그리고 언덕으로 올라갔어. 처음에는 도달할 수 없을 것처럼 멀게 보였던 곳이야. 고대의 잔해가 남아 있는 곳이었지. 그사이 평지에는 벌써 그늘이 내려앉고 있었어, 태양은 저 멀리 산 위에 있었어, 매우 강렬했지만 오한을 느꼈지."

"언덕에서 뭘 했어?"

"몸을 숙이고 불에 탄 벽돌 조각과 파편을 주웠어. 그리고 가만히 살펴보다가 언덕 중간까지 걸어갔어. 그곳은 옛날 어떤 약탈자가, 아니면 지식에 목말랐던 어떤 사람이 구덩이를 파던 곳이었지. 거기에서 나는 고대 요새의 기초 벽을 보았어……."

"너, 나는 못 봤어?" 천사가 부드럽게 물었다.

나는 침묵했다. 마비된 사지를 좁은 침대에 누이고 눈을 감고 귀를 기울였다. 내 심장 소리가 들렸다. 부자연스럽게 빨랐다. 그리고 갑자기 어깨 통증과 살짝 굽은 무릎이 무기력한 느낌, 양손이 축축하면서 힘 빠진 느낌이 들었다. 잠이 저 멀리 달아난 것을, 그리고 산속 골짜기에 갇혀 있는 바람이 천막의 측면을 팽팽하게 끌어당기는 것을 느꼈다.

"내 사랑하는 친구여." 나는 말했다. "사랑하는 천사여, 날 좀 도와주렴!"

나는 두려움에 사로잡힌 채 눈을 떴다.

천사는 천막 한가운데 서 있었다. 그의 형상 주위로 다마 반드 산 위 구름 속에서 나오는 희미한 빛이 온화하게 번졌다.

"언덕에서……" 천사가 입을 열었다. "나는 너를 살리려고 애쓰기 시작했어. 너의 고통을 보았어. 아주 비이성적이라고 여겨질 정도로 괴로워하는 모습을 봤지. 그리고 기적에 최후의 희망을 걸고 있다는 걸 알았어. 왜 그래, 무슨 걱정거리라도 있는 거야?"

이 무서운 질문 앞에서 나는 침묵했다. 벗어날 수 없는 오랜 절망감이 엄습했다.

"모르겠어." 내가 다시 입을 열었다.

하지만 천사는 내게 기도를 하라거나, 목사나 의사가 늘 그러듯이 자기를 믿으라고 강요하지 않았다.

천사가 다가와서 말했다. "네가 능선을 올라가고 골짜기를 달리는 모습을 봤어. 완전히 기진맥진하던 것도. 너한테 그럴 만한 이유라도 있다면, 사람들한테 내세울 만한 이유, 네 가련한 발을 지탱할 만한 어떤 이유라도 있다면. 넌 더 버틸 수 없어서 죽으려고 했지. 다 봤어."

천사가 내게 몸을 숙이고 말했다. "넌 유약해. 가장 약한 사람이라고 말해도 될 만큼. 하지만 너는 사람이야. 그래서 난 너와 함께 싸울 결심을 했던 거야. 너를 죽음의 공포에서 올바로 세우기 위해서."

"나는 두렵지 않아." 내가 낮은 목소리로 대꾸했다.

"넌 무서워서 얼굴을 숨겼어. 키 큰 풀 숲이든 작은 풀 숲이든, 아니면 시커먼 죽음의 물 속이든."

나는 입을 다물었다.

"내가 네 마음의 짐을 어떻게든 덜어 줄 거라고 생각하지 마." 천사가 말했다.

나는 깊은 한숨을 내쉬었다.

"지금 무슨 생각해?" 천사가 물었다. 그는 팔이 살짝 닿을 정도로 가까이 서 있었다.

"널 살짝 만지게라도 해 주면 마음이 조금 가벼워질 것 같아. 네 손에 팔을 뻗는 것만이라도 허락해 줘!"

"너는 움직이지 못해." 천사가 상냥하게 대답했다. "너는 전혀 의지할 곳이 없어, 이 나라의 대단한 천사들도 포기했어. 잘못된 희망을 품지 마. 내가 몸 내부를 살리려고 결심한 것도 아무런 의미가 없어. 언덕에서 파편을 가득 든 양손을 번쩍 올렸던 것 기억하니? 너는 바람에 맞선다, 저녁 추위에 맞선다고 생각했지, 하지만 너는 내 옆에 똑바로 서 있었어. 나는 너를 그냥 내버려 두었지. 너는 위안까지는 아니더라도, 기운을 얻어서 계곡을 지나 천막으로 돌아갔어."

"강물에 휩쓸리지 않도록 내내 조심했어."

"다시 살기로 마음먹었던 거야?"

"아니, 바람이 내가 사랑한다고 믿었던 사람들의 얼굴을 갈기갈기 찢어 놓았어."

"내가 여기에 온 것은 너의 고통을 덜어 주기 위해서가 아니야." 천사가 말했다. "무엇을 위해서 온 것이 아니야. 그저 너를 보고 싶었어. 나는 네가 내 나라의 고독과 황량함을 견딜 수 있는지 보고 싶었어."

"너의 나라라고?" 내가 의심하듯 물었다.

"나한테 많은 것을 기대하지 마." 천사가 단호하게 말했다. "우리 천사들도 마음대로 행동하지 못해. 이 나라에서 너는 수많은 천사를 만날 수 있어. 어쩌면 너의 구원을 위해 붙잡을지도 모르지. 하지만 고향에서 이야기를 들려주던 수호천사는 없어. 여기, 이 낯선 땅에서는 수많은 천사 중에서 나한테 만족해야만 해……"

"불만이 있는 것은 아니야." 나는 과감하게 이의를 제기했다. "외로웠을 뿐이야. 무엇을 붙잡고 일어서야 할지 모르겠어. 오늘 넌 날 도와줬어. 몹시 힘들었거든. 하지만 매일 천사를 만날 순 없지. 지옥 불처럼 타오르는 여명과 석양은 매일 되풀이돼. 그리고 그 자체로 충분한 공허한 시간이 나한테는 충분하게 느껴지지 않아."

"좀 알아듣게 말해 봐." 천사가 단호하게 말했다.

나는 손을 축 늘어뜨리고 있었다. 양손에 주먹을 쥐어 보려고 했다. 지금 포기하고 싶은 마음이 기운이 쏙 빠진 내 몸

속에 스며든 것처럼, 내 심장까지 스며든 것처럼 견디기 힘들었다.

"두려워." 나는 천사를 바라보았다. 오히려 내가 천사를 바라보려고 애썼다. 나는 그의 눈빛이 다시 한번 나를 구원하기를, 나의 심장 발작을 진정시켜 주기를, 내 손에 기운을 가득 채워 주기를 희망했다.

하지만 천사는 어둠 속에 서 있었다. 나는 갑작스레 절망감에 휩싸인 채, 어떤 누구와도 함께할 수 없다는 걸, 같이 좌절하고 흐느껴 우는 것조차 할 수 없다는 걸 깨달았다.

나는 탈진해서 말했다. "더는 못 하겠어."

"너는 솔직해, 고집스러울 정도로. 그건 너보다, 너희들보다, 더 강한 생명을 만나는 데는 어울리지 않아." 천사는 이렇게 대꾸하고 텐트를 떠났다.

그는 천막에 쳐 놓은 발을 젖히고 굳이 몸을 굽히지 않고도 나갔다. 나는 그 모습을 보고 싶지 않았다.

나는 생각했다. '저 바깥, 그의 나라, 그의 밤, 그의 바람이 그를 맞아 주었지.' 나는 천막 측면과 밧줄을 팽팽하게 잡아당기는 바람 소리도 막을 수 없었다. 떠나는 천사를 물끄러미 바라볼 뿐이었다. 어깨 위의 외투처럼 걸쳐 있는 다마반드산의 부드러운 빛을 보았다. 천사는 강을 통과했다. 젖지 않았다. 이제 차이하나의 빨간 불꽃 근처와 야생 염소들이 안전하게 밤을 보내는 회색 절벽 지대를 지나갔다. 천사가 내 곁에서 사라졌다. 폐허의 언덕에서 나와 함께 악전고투를 벌였는데도 그를 붙잡는 데 실패한 이유를 곰곰이 생각해 보았다……

그러나 결코 손을 내밀 수 없었다. 이제 아무도 없다.

기억: 페르세폴리스

우리는 넓은 국도를 이용하여 열기를 잔뜩 머금은 페르시아 꿈의 평원을 달렸다. 국도는 수십 세기 전, 세상의 몰락이나 다름없던 페르세폴리스 화재 이후, 도망간 다리우스 왕을 쫓아 알렉산더의 병사들을 북쪽으로 이끌었던 도로였다. 왕은 도피 중이었다. 그는 용감한 왕이었지만, 가우가멜라 전투[19]에서 패배한 후 모든 힘을 잃고 계속해서 도피했다. 쿠르트 산맥을 넘어 메디아와 박트리아까지 쫓기다가 결국 부하 총독인 베수스에게 살해당했다.

페르시아 평원은 지금까지도 그대로고, 앞으로도 결코 변하지 않을 것이다. 산악 지대가 좌초한 배처럼 페르시아의 변두리에 자리해 있다. 사람들은 그 산에 가까이 가고 있다고 믿지만, 결국 그것에 도달하면 그 뒤쪽으로 지금까지의 것과 똑같은 또 다른 평원이 시작된다. 그래서 우리는 그 변두리에도

---

19 기원전 331년 마케도니아 왕국의 알렉산드로스 여왕이 페르시아 제국 이케베네스 왕국의 다리우스 3세를 물리친 전투.

결코 도달하지 못할 것이다.

　차에서 내 옆에 앉아 있던 바바라에게 그 이야기를 했다. "우리는 영영 페르세폴리스에 가지 못할 거야. 이 여정을 완수하지 못할 거야."

　"400킬로미터야." 그녀가 대꾸했다. "하지만 넌 벌써 한번 다녀왔잖아?"

　"바로 그 때문이야." 내가 대답했다. "처음에는 아무것도 몰라서 모든 것을 감행하지. 하지만 그다음에는 다신 유혹에 넘어가지 않지!"

　"그 이야기라면 너를 꼬드긴 건 바로 나야. 내가 너한테 이 여행을 권유했어. 후회한다고 말하지 마!"

　"꼭 다시 한번 가 보고 싶었어."

　"꼭?"

　"이 나라에서는 우리가 사랑하는 것을 두 번 확인해야 하기 때문이야."

　"꿈의 특성에 저항하는 거니?"

　"그래. 나는 두려워. 지나가 버린 것이 두려워." 나는 대답했다.

　그렇지만 페르세폴리스의 이름은 영원불멸하며 확고부동했다. 페르세폴리스의 잔해는 뇌리에서 잊히지 않았다.

　"이 나라는 사람을 두렵게 만들어." 바바라가 말했다.

　네 시간을 달린 뒤에야 공기가 조금 시원해졌다. 그 뒤로도 우리는 몇 시간을 어둠 속을 달렸다. 예즈디 차스트는 능선 위로 솟아 있었다. 햇빛이 너무 환하게 비춰서 처음에는 신기루인 줄 알았다. 하지만 이곳은 현실이었다. 거지들의 도시였다. 흙이 잘게 부서지는 창구멍과 동굴에서 나병에 걸린 아이들이 기어 나와서 우리 차를 에워쌌다.

라시드는 지치지 않고 열 시간을 달렸다. 그가 담배에 불을 붙이는 데는 성냥 한 개비면 충분했다. 바바라는 그런 라시드를 질투했다. 나는 잠을 잤다. 팔짱을 끼고 그 팔에 머리를 대고.

차에 기름을 넣기 위해 한 도시에서 차를 세웠다. 사람들은 우리가 6파르다스인가 60파르다스를 더 가야 할 거라고 말했다. 라시드는 지금 가진 기름으로 60파르다스는 충분히 갈 수 있다고 했다. 1파르다스는 파사르가다이[20]의 옛 단위다. 페르시아 군대가 한 시간 동안 갈 수 있는 거리가 1파르다스였다.

나는 울기 시작했다.

"여기서 밤새우고 싶어?" 바바라의 물음에 울음을 뚝 그쳤다. 우리는 계속 차를 달렸다.

나는 우리가 파렌발트를 통과했는지 알지 못한다. 좁고 굽은 데다 내리막길을 달려 기어이 어떻게 평원에 도달했는지 알지 못한다. 그 길의 끝에 페르세폴리스가 있는 평원에.

곡선 도로를 돌자 달빛에 페르세폴리스 기둥이 보였다. 새삼 페르세폴리스 전체를 알아보고 감격해서 바바라를 부둥켜안았다.

얼마 뒤 우리는 왕궁의 테라스로 올라갔다. 라시드는 우리 자동차 옆 야전 침대에 누워 잠들었다.

달빛이 환하게 비추었다. 페르세폴리스의 밤은 멋졌다.

---

20 이란 남부. 페르세폴리스 동북쪽에 있던 고대 도시. 고대 페르시아 제국 초기의 수도.

평원 위에 돛이 걸려 있는 것 같은 석조 기단의 가장 바깥쪽에서 밑동이 보이지 않고 깊이 잠겨 있는 산맥, 어두운 산을 희미하게 빛내는 은색 띠, 그리고 산과 평원과 왕궁의 계단을 장식한 부조, 이 모든 것에 흘러넘치도록 쏟아지는 하늘의 빛. 세상이 언덕 위에서 선잠이 들었다. 산들바람에 깰 수도 있다. 아케메네스인들이 잠든 깊은 묘실이 있는 암벽 뒤로 구름이 떴다. 구름은 은하수 쪽으로 하얗게 미끄러지듯 움직였다. 은하수는 아주 밝았다. 영역이 점점 커지다가 하늘 높이 무리를 지어 나누어졌다. 별 무리는 아주 짙은 청색 창공 앞에서 부드러운 빛을 띠면서 달을 가렸다. 땅에는 그늘이 내려앉았다.

"모든 게 옛날과 똑같아." 내가 입을 열었다. 그러자 내 친구 리하르트가 되풀이했다. "모든 게 하나도 안 변했어. 너도 기억하지?"

나는 기억했다. 지금과 똑같이 인간 세상을 초월한 듯, 정열이 없는 적막감 속에서 도취, 초연함, 비애와 동요를 느끼던 밤들을. 하지만 그 당시에는 보호받고 있다는 느낌이 좀 더 컸다. 왜냐면 아주 먼 옛일을 지적인 호기심과 애정을 갖고 회상함으로써 페르세폴리스를 과거에서 구하고, 연구와 활동의 지역으로 만든 남자가 있었기 때문이다. 그 교수는 이제 없다. 그의 도서관 장서들은 궤짝에 넣은 그대로 부셰르에 있다. 영국이든 미국이든, 고향을 잃은 남자가 어디로 가든, 그리로 보내야 할 것이다. 옛날 그의 연구실에 달린 높은 창문에서는 밤새 불빛이 새어 나왔다. 하지만 이제는 다리우스 황제의 여인들이 지내던 하렘의 석조 기둥 사이에 적막하게 자리할 뿐이었다. 사람들은 하렘의 기둥을 다시 똑바로 세우고 목재로 만든 황소 머리와 들보로 장식을 해 놓았다.

"그 교수는 불편했어." 리하르트가 말했다. "폐쇄적인 사람이라서 말을 걸기도 힘들었어. 그리고 솔직히 우리의 작업을 잘 알지 못하는 것 같았어, 한 번도 칭찬한 적이 없지. 하지만 지금은 그 사람이 돌아왔으면 좋겠어……"

그렇지만 이후 뭔가가 결정적으로 바뀌었다.

사람들은 단지 유대인이라는 이유로 훌륭한 학자를 고향 밖으로 쫓아냈다. 그리고 그는 자신이 선택한 고향도 떠날 수밖에 없었다. 비(非)아리아인들의 왕궁이 있는 도시도…… 나는 독일의 어떤 고위 외교관이 했던 말이 떠올랐다. "그 교수는 자신이 아리아인이 아니면, 요즘 같은 때에는 특히 행동에 조심하고 있다는 것을 스스로 입증했어야 돼!"

리하르트가 생각에 잠긴 듯 대답했다. "그래. 그게 그 파렴치한들의 논리지……"

교수의 후임자는 유적 발굴에 자원한 젊은 미국인들, 즉 개척자들이었다. 그들 중 쐐기 문자를 해독할 사람은 없었다.

"그 사람들이 그 일을 할 수 있었더라도 그러니까 전문지식이 있는 사람들을 보냈다고 하더라도, 그 교수가 있을 때와는 달라." 리하르트가 말했다.

테헤란에 있는 우리의 친구들은 나에게 리하르트가 새로운 상황에 순응해서 이곳에 머물도록 만들라고 당부했다.

"그래도 너는 버틸 거지? 이곳에서 널 필요로 하지?" 내가 물었다.

"버틸 거냐고?" 리하르트가 반문했다. 그는 나와 떨어져서 성문 그늘 속에 서 있었다. 수염이 있는 정령이 리하르트 위에서 쓸쓸하게 양 날개를 펼쳤다.

"넌 이곳을 사랑하잖아." 내가 말했다.

그는 고개를 끄덕였다. "독일에 안 간 지 사 년이나 됐어…… 미국인들은 독일을 증오해. 꼭 교양 없는 사람들처럼, 미국인은 독일을 증오해. 그리고 그 교수도 독일인이었다는 사실을 잊고 있어."

"그 사실을 그들에게 설명할 수는 없어?"

"내가?" 그가 물었다.

"넌 잘 알잖아."

"아니야, 나는 전혀 몰라. 나는 몇 년 동안 줄곧 향수병에 시달렸어. 이젠 존재하지 않는 어떤 독일에 대한 향수. 현재 독일의 모습을 지지할 수는 없어. 그렇게 쉽게 할 수 있는 일이 아니야!"

"그렇지."

"그 때문에 나는 미국인들의 증오와 경멸, 그리고 위트를 매일 듣고 있어야 해. 더구나 우리 어머니가 유대인이야."

나는 몹시 당황해서 할 말을 잃었다.

리하르트 역시 딱히 답을 기대한 것 같지 않았다. 그는 고개를 들고 잠시 말없이 있었다. 아직 소년의 티가 엿보이는 그의 군센 얼굴에서 뾰족한 턱이 도드라지고 좁고 각진 이마에 주름이 잡히고 진한 눈썹이 오그라드는 것을 보았다. 이윽고 그가 천천히 내게 다가왔다.

"버틴다는 말은 하지 말아야 했어. 이 나라에 그런 건 없다는 것, 그런 건 쓸데없는 일이라는 것쯤은 너도 알잖아."

"그럼 너도 떠나게?"

그가 고개를 끄덕였다.

"앞으로 어떻게 하려고? 독일로 가려고?"

"어머니를 만나러 가야지. 하지만 그게 다야."

"그다음엔?"

그가 어깨를 으쓱하며 대꾸했다. "가자, 사람들이 기다려."

우리는 계단을 내려간 뒤 탐험대 사무실로 돌아갔다.

"여유를 좀 가져 봐. 넌 이 낯선 땅에서 사 년을 참고 견뎠어. 게다가 고향에서 일어난 일에 대한 제대로 된 정보도 없어." 나는 말했다.

"맞아, 나는 서두르지 않을 거야."

리하르트에게 위로의 말을 했어야 했다. 스물다섯 살 청년에게 참고 견딘다는 말은 위로가 아니다. 조바심은 그를 페르세폴리스로부터 떼어 놓을 뿐이었다. 하지만 그것은 동시에 그를 이 나라로부터 구한다는 것을 뜻했다.

"너는 내가 이곳에 머물 수 없다는 사실을 알 거야." 그가 말했다. 우리는 그의 방문 앞에 서 있었다.

리하르트의 방에는 바바라와 젊은 헤인스, 그들의 동향인이 앉아 있었다. 헤인스는 벌써 살짝 취했다. 그들은 루즈벨트와 NRA(National Recovery Administration)에 대해 격렬하게 토론했다. 헤인스는 바바라의 빈틈 없는 논리에 대응하지 못했다. 그는 회의론자인 척하려고 했고, 바바라는 저음의 단호한 목소리로 항변했다.

"당신처럼 젊은 사람조차 미래에 관심을 갖지 않는다면, 우리는 어디로 가야 할까요? 미래, 우리 아메리카의 미래는 우리 모두에게 소중합니다. 루스벨트는 그것을 위해 우리에게 손을 내밀었어요, 우리는 해야만 했어요. 우리는 당시 사무실에서 하루 종일 그리고 밤을 새우다시피 하며 일하고 이야기를 나누었어요. 그 일에 대해 토론을 해야만 했고, 그것이 무슨 일인지 알아야만 했어요. 똑똑하게 알아야만 했어요."

"모두 다 좋은 게 대체 무엇을 위해서인지 흑인 문제는 풀 수 없다는 것, 그리고 미국은 최고의 엘리트도 좌절하는 문제들투성이라는 것을 안다고 무슨 소용이 있을까?" 헤인스가 등받이에 머리를 기대면서 물었다.

바바라가 몹시 탄식하듯 대꾸했다. "NRA가 해체되었을 때 우리가 얼마나 놀랐는지 당신이 알면 좋으련만! 우린 모두 그 일에 동참했거든!"

헤인스가 졸린 표정으로 미소를 지었다. "어쨌든 지금 여기에서 다 만났잖아요!"

"그런데 넌, 이 부패한 나라 페르시아 아케메네스 왕궁에 신경을 쓰고 있잖아. 여기를 모른 척할 수 있겠어? 너는 아무 상관이 없다고 생각해?" 바바라가 물었다.

헤인스는 입을 다물었다. 그러자 창가 내 옆에 서 있던 리하르트가 끼어들었다. "당신은 페르시아에 대해 무엇을 아세요? 더구나 헤인스는 나와 같은 건축가입니다. 그러므로 아케메네스 왕궁들을 신경 쓰는 것은 흥미롭고 교육적인 일이기도 합니다!"

바바라는 예쁜 두상을 홱 돌리고 대답했다. "너희들은 그렇겠지. 그런데 술이 떨어진 것 같네!" 그녀는 텅 빈 잔을 우리를 향해 들어올렸다.

우리는 누가 술을 사러 이탈리아식 주점인 '설탕 공장'에 갈지를 정하기 위해 페르시아 은화 한 닢을 던졌다. 리하르트가 당첨됐다. 내가 동행했다.

주점인 설탕 공장은 평지 아래쪽에 있었다. 왕궁터에서 시라즈의 도로로 접어들자 불빛이 보였다. 바람 때문에 우리

차에서 흙먼지가 일었다. 서치라이트가 짙은 안개 속을 미끄러지듯 흙먼지를 비췄다. 리하르트가 운전을 했다. 그나마 그가 술에 취하지 않았다.

"이렇게 같이 와 주어서 정말 고마워." 그가 말했다.

"옛날에, 가끔 함께 밤새 차를 타고 달렸잖아. 강을 건너 나크시에로스탐[21]까지, 그리고 이스파한까지."

"옛날에." 리하르트가 외로운 사람들이 다 그러듯이 반항적으로 대꾸했다.

"그리 오래되지 않았어." 나는 망설이며 입을 열었다. 겨우 일 년 전이었는데 나에게는 영겁의 시간 같았다.

리하르트가 내 얼굴을 똑바로 바라보았다. "우리 곧장 거기로 가자." 우리 앞에는 짙은 안개가 있었다. 노란 불빛을 받은 채.

"나도 가고 싶어." 내가 대답했다. "우리 다시 그때처럼 나그셰로스탐에 갔으면 좋겠어."

"그 사이에 강이 있지."

"혹은 세상의 끝이."

"하지만 우린 이미 세상의 끝에 와 있어."

우리는 주점 설탕 공장의 안마당으로 접어들었다. 이제 차에서 내린 뒤 막사로 가서 문을 열고 자욱한, 누렇고 탁한 연기와 수많은 페르시아인의 얼굴을 마주하는 것을 견뎌야 했다. 카운터에 러시아 남자가 서 있었다.

"보드카 있어요?" 리하르트가 물었다. 우리는 보드카 두

---

21 Naqhsh e Rostam. 페르세폴리스 북서쪽으로 12킬로미터 떨어진 이란의 파르스의 고대 묘지.

병을 샀다. 기다리는 동안 주변을 둘러볼 시간이 있었다. 여기에 앉아 있는 사람들은 아마 페르시아의 허섭쓰레기들일 것이다. 그들 중에는 다른 삶의 방식을 따랐다는 이유로 자기 종족을 추방한 유목민들이 있었다. 또한 추방된 루르족[22]도 있었고, 마을과 도시에서 쫓겨나 고향을 잃은 남자들도 있었다. 그들은 이상하게 모두 수척한 누런 얼굴에 불안한 모습으로 앉아 있었다. 또한 부셰르에서 도매로 산 몹시 남루한 옷을 걸치고 있었다. 미국에서 수입한 것들로, 근대화를 표방한 정부가 페르시아 민속 의상 착용을 금지했기 때문이었다. 아편을 피우는 사람들도 있었다. 그들은 술을 마시는 평범한 사람들과 떨어져 구석에 앉아 있었다. 그들 옆에는 거대한 사모바르 주전자를 올려놓은 점토 화덕이 있었다. 한 유럽인이 저 뒤쪽 사람들은 무슨 일이 있었냐고 묻자 이런 답변이 돌아왔다. "아픈 사람들이에요." 하지만 대부분 굶주린 채 웅크리고 있었다. 달콤한 냄새를 풍기는 연기에 마비되어 동물처럼 낯선 사람들에게 으르렁거리며 양탄자에 앉아 있었다.

우리는 러시아 남자에게 보드카 값을 지불했다. 바깥에는 달빛이 하얗게 모래사막을 비쳤다. 우리는 차를 돌려 숙소로 향했다. 나는 리하르트 옆에 앉아서 그의 어깨에 한쪽 팔을 올려놓았다. 우리는 돌아갈 수 없는 시간을 함께한 친구였다. 자욱한 안개 속에 길고 화살같이 곧은 길이 이어졌다. 평원 저 높은 곳에 폐허가 된 왕궁의 테라스가 비현실적으로 떠 있다. 그 주변으로 외로이 서 있는 페르세폴리스의 기둥들이 보였다.

우리가 리하르트의 방에 들어섰을 때 그곳에는 헤인스만

22   이란 서부 산악 지대에 사는 이슬람 토착민의 한 종족.

있었다. 바바라는 잠을 자러 갔다고 했다. 우리는 자리에 앉았다. 리하르트가 보드카 한 병을 땄다. 술에 취해 말이 많아진 헤인스는 요새 건축물에 대한 새로운 설계도를 설명했다. 그것은 그 교수가 있던 때처럼 페르세폴리스의 옛 도면에 따라 북위 30도에 편차를 두고 제도한 것이 아니라, 보통대로 북남향을 가리키는 10평방미터에 맞춰 그린 것이었다.

"그러면 내 설계도는 어떻게 되는 건데?" 리하르트가 물었다.

"네 설계도? 그건 구식이야." 헤인스가 상냥하게 말했다.

"그럼 그 교수님의 연구 결과 출간은?"

"그걸 먼저 공개해 보자!"

"교수님은 방향을 30도에 맞추었어."

"전부 구식이야!"

"그래서 너희 내키는 대로 하려고?" 리하르트가 말했다.

"우리도 너희 교수님을 존경해, 하지만 우리가 오래전에 이미 시대에 뒤떨어진 도면에 따라 일할 수 없다는 걸 알잖아!" 헤인스가 달래며 대꾸했다.

"물론 그럴 순 없지. 너희들이 페르세폴리스를 훨씬 잘 알고 있다 이 말이지. 이 빌어먹을 신출내기들!" 리하르트가 소리를 질렀다.

헤인스가 내게 말했다. "이 사람은 늘 이래요. 우리가 새로이 시작해야 한다는 것을 이해하지 못해요!" 그는 바닥에, 북-남-설계도 사이에 앉아 있었다.

"들어 봐, 교수님이 연구 결과를 출간할 결심을 하면, 무조건 네 설계도를 이용할 거야!" 내가 리하르트에게 말했다.

"풋내기 내 도면은 절대 사용하지 않을 거야. 그러니 넌 조용히 보드카를 마시면 돼." 헤인스가 내 말에 힘을 실었다.

우리는 나머지 보드카 한 병을 마시고 화해했다.

"그런데 바바라는?" 내가 물었다.

"바바라는 보드카 사 온 것에 대해서 이제 관심이 없을 거예요." 헤인스가 말했다.

"그래도 알아야 되는데." 리하르트가 졸음 가득한 목소리로 말했다.

"바바라는 보드카에 대해서는 이제 전혀 관심이 없어." 내가 대답했다. 바바라를 잘 아는 나는 마음이 놓였다.

헤인스는 아무런 대꾸도 하지 않았다. 나는 휴대용 의자 옆에 잔을 두고 밖으로 나갔다. 문이라고 해 봤자 방충망을 대 놓은 틀일 뿐이었다. 나는 그런 가벼운 칸막이 벽을 밀쳐서 여는 느낌이 친숙했다. 램프와 온기로 평화롭게 채워진 공간과 바깥의 거대한 비현실 사이에 놓여 있는 칸막이 벽. 환한 달빛, 사막의 노을, 밑에서 단단한 하얀 암벽 등성이까지 올라갈 수 있는 좁고 긴 지대, 야생 염소가 밤을 지내고 돛이 망가진 낯선 배가 있는, 영원한 왕의 묘역 사이에 놓인 칸막이 벽이 친숙했다.

춥지 않았다. 하지만 미지근한 공기가 훅 밀고 들어와서 몸이 부르르 떨렸다. 빈 화단 사이를 걸었다. 화단은 미국 중서부 출신인 신임 소장의 아내가 마련한 것이었다. 이어서 옹기 화분으로 꾸민 화단으로 갔다. 레이의 우리 정원에도 똑같은 화분이 있었다. 타란튤라가 헤엄치는 도랑을 따라가면 공동 침실이 나왔던 레이의 어렴풋한 기억을 떠올리다 보니, 고향 같은 느낌이 들었다. 노란 정원 담장 너머 바깥세상에서는 대상의 종소리가 들렸다⋯⋯

여기는 아무것도 없다. 여기는 세속의 때가 묻지 않은 신성하고 웅장한 땅, 페르세폴리스가 있다. 그리고 경사진 암벽 능선 위에서 비치는 달빛. 나는 바바라를 찾았다. 옹기 화분 화단 사이를 조심조심 걸어갔다. 화단이 끝나고 모래가 모두 날아가 버린 땅을 걸었다. 이어서 나타난 선로를 비틀거리며 걸었다. 흙을 파는 과정에서 생긴 듯한 구릉이 불룩 솟아 있었다. 그 뒤로 뷰익 한 대와 오래된 포드 트럭 두 대가 있는 차고가 있었다.

"바바라! 대체 어디를 그렇게 쏘다니는 거야?" 나는 소리를 질렀다. 바바라는 암벽 위의 그늘 속에 앉아 있었다. 바바라가 물었다. "넌 나 없이는 잠도 못 자? 너무 늦지 않았어?" ("잠 자기 딱 좋은 시간이야!")

달빛이 그녀의 발 위에 있었다. 파도로 모래를 적시는 물처럼. 나는 아무 말도 하지 않았다. 바바라를 찾은 것만으로 너무 기뻤다. 나는 옆에 앉아서 그녀의 무릎에 머리를 대고 작은 파도가 바바라의 발까지 차오르는 모습을 지켜보았다.

레이의 밤, 두려움의 시작

페르세폴리스의 밤은 경쾌했다. 그곳의 밤은 환했다, 늘 은하수가 펼쳐진 것도, 잠든 대지 위를 강물처럼 흐르는 달빛이 있는 것도 아니었지만 밝고 가벼우면서도 슬픈 대화가 있었다. 우리는 보드카에 가볍고 명랑하게 취해 있었다. 그리고 왕궁터의 테라스에서 기다리는 긴 여명과 뜨거운 관자놀이를 스치는 부드러운 바람이 있었다. 야전 침대에 사지를 쭉 펴고 누워서 미지의 평원을 누비고 희망의 산맥을 향해 나아가는 미래의 여정을 꿈꾸었다. 우리는 밖에 있는 흰 기둥들처럼 하늘을 향한 동경으로 경건해졌다. 하늘에서 기쁨과 슬픔이 조우했다. 우리는 그것을 웃으며 견디었다.

나는, 페르시아에서, 완전히 다른 밤을 알게 되었다. 거기에서는 모든 것이 어둠 속에 있었고 모든 것이 절망적이었다. 오직 모래먼지라는 문을 통해서만 구분되는 테헤란의 죽음의 이웃 도시 레이, 그곳의 밤에는 전혀 다정한 소리가 없었다. 낯선 소음으로 가득했다. 사람들이 거주하는 수도와 활기 넘치는 거리로부터 우리를 갈라 놓는 먼지구름은 극복하기 힘들었다. 먼지구름으로 뒤덮힌 땅은 평범한 곳이 아니었다. 그 곳은 몇백 년 전부터 폐허의 땅이었다. 몽골의 침략 이후에는 아무도 이주하지 않았다. 그리고 삽질이 시작되었다. 여기에 서 발견된 것은 장벽의 잔해, 파편 그리고 거대한 파괴의 흔적 뿐이었다.

그것들은 모래에 뒤덮여 있었다. 모래는 야생 나귀의 마 지막 고향인 소금 사막에서 날아온 것이었다. 모래, 그것은 물 과 똑같이 살랑거리는 물결을 흉내 내지만, 죽은 성분일 뿐이 다. 하지만 그것보다 훨씬 나쁜 것은 살아 있는 자들이 더는 정착하고 싶지 않은 곳에 죽은 자들을 내다 버린다는 사실이 다. 그런 까닭에 레이와 테헤란 사이의 지대는 유일한 묘지가 되었다. 대부분 무덤 위에는 그 밑 시체 높이 만큼의 모래 무 더기가 쌓여 있었다. 굽지 않은 점토로 빚어 만든 작은 묘비가 드문드문 보였다. 햇빛에 거짓말처럼 빛나는 파란 궁륭 지붕 들은 더 드문드문했다.

저녁에 태양이 사그라질 때면, 멀리 오아시스의 나무들 사이에서 샤압둘아짐의 황금빛 궁륭이 보인다. 그것은 넓은 황야에서 유일하게 반짝이는 약속이다. 그러나 이 "생기 없는 죽은 시간"에 이웃 도시들을 연결하는 지방 도로 위에 서 있 는 사람은 죽음 언저리에 무방비로 자신을 맡긴다. 그래서 그 는 틀림없이 먼지 속에 얼굴을 파묻고 얼어 죽은 사람처럼 긴 잠에 빠져든다.

이따금 저만치서 검은 대머리 독수리 떼가 보일 때가 있 다. 독수리들은 미동도 없이 기다렸다. 털이 없는 목덜미는 모 래처럼 적노랑색이다. 독수리떼가 한 줄로 앉아 있는 것을 보 면 처음엔 두려움이 인다. 이어서 더 많은 독수리떼가 보이고 꿈속에서 본 무시무시한 이미지처럼 빠르게 늘어난다. 곧 빛이 사라진 평원 전체를 독수리가 뒤덮는다. 도로 반대편에는 무덤밖에 없다. 그리고 슬픔의 징표로서 죽은 자들 사이를 이리저리 스치고 지나가는, 어두운 베일을 쓴 여자들뿐이다. 꽤나 섬뜩한 광경이다. 시선을 돌려 그것을 보는 것은 끔찍한 선택이다.

묘지 언저리로(묘지가 끝없이 이어져 있진 않았지만) 낙타들이 지나간다. 테헤란에서 베라민까지의 구간은 페르시아의 가장 오래된 대상로 중 하나이기 때문이다. 그 길 바로 옆에 우리 탐험대 숙소가 있다. 대상은 성문 앞 여울을 지나 우리의 긴 정원 담장을 따라 걷는다. 그렇기 때문에 레이의 기나긴 밤엔 대상의 종소리가 또렷하게 울린다. 그것은 내가 기억하는 가장 선명한 소리다. 낙타 옆구리에서 종이 흔들리면서 울린다. 또는 낙타 목에서 울린다. 그 소리는 이국적이다. 벌써 저만치 멀리 갔건만 언제나 똑같이 구슬프다.

이른 아침에 비슷한 소리가 우리를 깨웠다. 내 침대 옆 멍석 위에서 잠을 자던 개들이 놀라서 벌떡 일어섰다. 이제 또 다른 하루가 시작되었다. 나는 바지와 셔츠, 가죽 조끼를 허둥지둥 걸쳤다. 문앞에 늙은 러시아 여자인 겔리나가 찻잔을 손에 들고 서 있었다. "들이키렴, 내 새끼." 그녀가 말했다. 그녀는 항상 나를 "내 새끼"라고 불렀다. 내가 일 년 만에 레이로 돌아왔을 때, 눈물을 흘리며 안아 주었다. 겔리나는 하녀로 레이에 오기 전에 테헤란에 유곽을 갖고 있었다고 한다. 이는 겔리나가 선하고 마음이 여리며 불쌍한 영혼이라는 뜻이다. 그녀는 저녁마다 내 영혼을 위해 기도한다는 소리를 종종 했다. 나는 기도가 필요했다.

종소리는 더운 몇 달 동안은 4시에, 그리고 가을에는 5시에 울렸다. 가을의 여명은 밤의 연장이었다. 경탄할 만한 빛의 그러데이션이 창백한 하늘 위로 번졌다. 우리는 트럭을 타고 발굴장으로 달렸다. 그곳에서 우리 인부들이 동쪽을 향해 아침 기도를 올렸다. 때때로 얼음장처럼 추웠다. 그러나 8시에 아침 식사를 알리는 종이 울리면 해가 벌써 천막 앞까지 와 있었다. 그러면 우리는 식사를 하면서 가죽 조끼를 벗었다. 오전의 발굴 시간은 길고 낮은 짧았다. 간이의자에 앉아서 발굴품들을 분류하고 목록의 숫자를 쓰다 보면, 어느덧 박물관에 어둠이 깃들었다.

　　내 옆은 게오르게의 자리였다. 그는 최고의 친구였다. 나중에 인부들을 내보낸 뒤, 우리는 하루 종일 박물관에 앉아서 "일을 마무리했다." 할 일이 많았다. 그 당시에 반은 술을 마시기 시작했다. 그리고 밤이면 제도용 책상에 앉았다. 우리는 저녁 식사 후에도 이렇게 일하는 데 익숙했다. 각자 자기 자리 옆에 석유 램프를 두고 있었다. 나는 목록 카드를 타자기로 쳤다. 게오르게는 내 옆에서 좀 더 까다로운 학술적인 작업을 했다. 그는 현미경으로 동전들을 들여다봤다. 단장은 발굴품 한 무더기를 앞에 놓고 커다란 노트에 목록을 작성했다. 그러면 나는 목록을 짧게 줄여 카드에 옮겨 적었다. 단장은 부지런한 독일인이었다. 그는 술을 거의 마시지 않았다. 책도 거의 읽지 않고 일만 했다. 그의 아내는 부유한 젊은 미국인으로 가끔 박물관에 들러서 보드카를 아낌없이 베풀었다. 일하는 동안 한기를 느끼던 참이라 우리는 보드카를 마셨다. 기나긴 저녁 시간을 그렇게 보냈다.

　　게오르게는 석류 정원을 지나 방에까지 나를 배웅해 주었다. 말을 하지는 않았지만, 그는 내가 공포를 느낀다는 사실을 알고 있었다. 나의 두려움은 이유가 없고 특별했다. 높은 흙 담장으로 둘러싸인 미국 발굴단 정원을 지날 때보다 더 큰 위험들을, 홀로 감당했다. 그렇기 때문에 러시아인인 비벤스키는 내 공포심을 알지 못했다. 그는 나를 용감한 처녀로 여겼다.

가끔 저녁에 일을 마친 후에 그의 임시 막사에 앉아서 함께 하시시 파이프를 피웠다. 우리는 등을 벽에 기대고 점토를 짓이겨 만든 바닥에 앉았다. 그는 어떤 때는 베개와 양털 코트를 건넸고 어떤 때는 잊었다. 그의 하인이 우리 파이프를 채워 주었다. 누런 점토색 하시시 가루를 소량 집어넣고 그 위에 연초를 한 층 올렸다. 몸이 말랐고 도드라진 광대뼈에 실핏줄이 보이는 탁한 눈을 가진 비벤스키는 깊게 흡입했다. 나는 그렇게 하지 못했다. 깊게 한 모금 빨고 숨이 넘어갈 듯 기침을 했다. 열다섯 살 소년인 하인 하산은 그 모습을 보고 웃었다. 비벤스키는 내 앞에 무릎을 꿇고 앉아서 입을 벌리고 깊게 숨을 쉬면서 나한테 따라 할 것을 강요했다. 나는 현기증을 느낄 때까지 재채기를 하면서 그를 따라 했다.

"넌 절대 못 배우겠어." 그가 말했다.

"나는 잠이나 자러 가야겠어." 나는 이렇게 말하고 정원으로 나갔다. 그곳은 고요했다…… 그러나 박물관 문앞 그늘에서 게오르게가 기다리고 있었다. "내가 데려다줄게." 그가 입을 열었다. 그는 침묵 속에서 나의 이름 모를 공포를 짐작했다. 공포? 나는 당시 그 새로운 느낌이 무엇인지 전혀 알지 못했다. 나중에 나를 파괴할 만큼 강력해졌을 때에야 이해했다. 그리고 지금까지 길게 뿜은 연기처럼 형언할 수 없는 공포가 그곳의 다채롭고 멋진 황무지 위에, 때로는 그곳에 대한 빛나는 추억 너머, 때로는 끔찍한 기억 너머 둥실둥실 떠다녔다.

우리 숙소의 정원은 부유한 페르시아인의 석류 정원이었다. 작은 나무들 사이에 토기로 만든 우리 화단이 있었다. 그리고 길 옆에 탁한 타란튤라 도랑이 있었다. 그 뒤쪽으로 우리를 바깥세상과 분리해 주는 흙 담장이 있었다. 그런데 바깥세상은 대체 무엇을 지칭하는 것일까? 모래먼지, 대상로, 여울, 묘지가 있는 평원, 독수리가 있는 초원, 수도로 연결된 포장도로?

우리는 모래 밑에 폐허가 있음을 알고 있었다. 우리는 귀중한 토기를 발굴할 것이다. 그러나 그것은 낮에만 할 수 있는 일이다. 지금은 밤이었다.

게오르게는 내 옆에서 가로수를 따라 걸었다. 커다란 바둑이들이 우리 옆을 졸졸 따라왔다. 개들은 내 침대 옆에서 잠을 자며 생쥐들을 쫓아냈다.

젤리나는 테라스에서 잠을 잤다. 나는 탁자에 있던 석유 램프를 들고 내 방으로 갔다. 게오르게는 밤 인사를 했다. 일 분쯤 걸린 그의 기분 좋은 악수에 마음이 편안해졌다. "이제 무서워하지 않아도 돼." 그가 말했다. 그의 회중 전등이 계단을 지나 어두운 마당으로 미끄러져 떨어졌다. 가끔 우리는 지붕 위로 올라가 그곳에 앉아서 담배를 피웠다. 우리 발치로 정원 담장을 따라 강이 흘렀다. 강물은 은빛으로 반짝이며 평원을 거쳐 다마반드산으로 흘러갔다. 우리는 강물을 눈으로 멀리까지 뒤쫓을 수 있었지만 그것은 전혀 마음의 위안이 되지 않았다. 그것이, 그 나라에서는, 마음의 위로가 되지 않았다. 그리고 왠지 죽은 물고기들이, 은색 배 부위를 위로 드러낸 채, 은빛 강물 위를 떠다닐 것이라는 생각이, 머리를 떠나지 않았다……

　이제 나는 침대에 누웠다. 위에는 들보가 있었다. 그리고
들보 사이에는 지푸라기가 있었다. 바둑이들이 내 옆에서 편
히 숨을 쉬며 내가 움직일 때마다 잠깐씩 나를 올려다보았다.
꿈같은 밤이 시작되었다. 작은 집 담장, 내 방 벽은 동시에 정
원 담장의 연장이었다. 그래서 바람과 가을비를 막지 못하면,
카라반 종소리의 울림, 낙타들을 여울로 모는 목동의 고함, 그
리고 천천히 흐르는 은빛 강물 소리로부터 나를 보호하지 못
한다. 내 방 벽은 어떤 것으로부터도 나를 보호하지 못한다.
아무것도 막아 주지 못한다. 나는 엄마를 그리며 눈물을 흘
렸다.

　누군가 내 이야기를 들어 준다면!

　나는 서서히 깨달았다. 그것이 두려움의 시작이었다. 나
는 그 두려움을 극복하지 못할 것이다. 결코 다시는 그 두려움
을 잊을 수 없을 것이다.

세 번의 페르시아……

　나는 어떻게든 페르시아에서 살아 보려고 했다. 하지만
실패했다. 그저 사는 것 외에 어떤 시도도 않는 사람들을 주변
에서 보았다. 그들은 똑같은 위험들에 맞서 싸웠다. 그것이 현
실적인 위험인 한, 괜찮았다. 나처럼 그들은 커다란 산길, 넘
실거리는 물가에서의 밤, 그리고 누적된 피로와 낙심을 견뎠
다. 나처럼 그들은 어느 날 수도로 돌아갔고, 공사관에 거주하
면서 목욕을 하고 잘 먹고 잘 잤다.

　그런 방식으로 몸을 회복하고 새로운 모험을 위한 원기를
채울 수 있다고 그들은 나처럼 생각했다. 그들은 이질과 열병
을 극복했고, 술을 마시기 시작했고 몇 주 동안 매일같이 저녁
마다 위스키와 음악과 댄서가 있는 테헤란의 허름한 주점을
찾았다. 유럽 도시에서와 비슷했다. 그러다가 어느 날 문득 정
신을 차렸다…… 언제까지 이렇게 지낼 수 있을까? 왜냐하면
이제 불확실한 위험의 순간이 닥쳤기 때문이다. 도덕적인 결
심을 할 수 없었다. 정신을 가다듬는 것이 소용이 없었다.

　위험은 다양한 이름을 갖고 있었다. 때로는 간단하게 향

수라 불렸고, 때로는 신경을 건드리는 건조한 상층 기류, 때로는 알코올, 때로는 좀 더 심각한 중독성 물질로 불렸다. 알 수 없는 두려움에 시달릴 때면, 때때로 그 위험의 이름이 없을 때도 있었다.

첫 몇 달 동안 나는 새로운 친구들과 함께 여행을 하면서 모든 것을 알게 되었다. 이를테면 페르세폴리스와 이스파한, 시라즈의 정원, 풀 한 포기 없는 절벽 위 탁발승의 암자, 이슬람 사원의 커다란 문, 끝이 안 보이는 길, 그보다 더 끝이 안 보이는 평원을. 좁고 험한 산길을 차로 달렸고 엘부르즈산맥의 협로를 말을 타고 통과했다. 카스피 해안과 밀림과 논, 폭풍이 할퀴고 간 해안가 제부, 억수같이 내리는 비 속의 초가지붕, 투르크메니아의 벌목꾼과 목동, 지방 도시 라슈트와 바볼의 텅 빈 커다란 광장을 보았다. 그리고 우울의 총체인 부유한 도시 마잔다란을 보았다.

나는 페르시아 팔레비항을 떠났다. 거기에서 마지막 날을 보냈다. 타브리즈에서 온 낙타 카라반이 종을 매달고 뿌연 거리를 걸었다. 운전사들이 바쿠에서 온 여행객들을 호텔 앞에서 기다렸다. 나는 여관 마당에서 유럽 모험가처럼 보이는 지친 한 남자를 만났다. 그는 말라리아에 걸렸다. 그 남자가 나를 알아보았다. 나는 그를 어디에서 만났는지 기억이 나지 않았다. 그는 상하이 윌리라는 덴마크 엔지니어였다.

"나는 떠나요, 돌아오지 않을 거예요." 내가 말했다.

"모두 그렇게 말하지요." 그는 그렇게 대꾸했다.

우리는 함께 술을 마셨다. 시간이 되자 그가 나를 세관 건물까지 데려다주었다. 한 공무원이 그에게 7시에야 배가 쌀을 싣고 떠난다는 이야기를 해 주었다. 우리는 담배를 피우며 화물 사이를 오갔다. 세관은 흡연 금지였다. 이곳 바깥도 마찬가지였다. 우리는 보트를 타고 해안호를 향해 노를 저었다. 거기에서 그 작은 항구가 보였다. 실제로는 아주 작은 기선에 불과한 러시아 선박들이 이곳에서는 아주 거대해 보였다. 해안호의 가장 좁은 곳에서 신축 교량의 첫 기둥들이 보였다.

"내가 건축한 것이에요." 상하이 윌리가 자랑스럽게 말했다. 그는 그것을 자랑스러워했다. 나는 버팀 말뚝에 구멍을 뚫기 위해서 노동자들이 방수 탱크 안에서 작업했다는 이야기를 듣고 있어야 했다. 상하이 윌리가 터키와 이라크에서 건설했다는 다리에 대한 긴 이야기도. 하지만 그는 중국에서 8년 동안 무엇을 했는지에 대해서는 얘기하지 않았다. 이어서 우리는 해안가로 돌아가 그의 집에 도착했다. 대들보와 콘크리트블록을 기어서 넘어간 뒤에야 계단을 올라갈 수 있었다.

위쪽 제도용 탁자에 그의 조수인 닐스가 앉아 있었다. 닐스는 스무 살의 스웨덴 남자로 붉은 피부와 금발, 어린아이의 커다란 입을 갖고 있었다.

"마실 것 좀 갖다 줘." 상하이 윌리가 조수에게 말했다.

닐스가 일어서서 인사를 하고 옆방으로 달려갔다. 그리고 잔과 반쯤 빈 위스키를 가지고 왔다. 상하이 윌리가 위스키 병을 시험하듯 불빛을 향해 들어 올렸다.

"내가 어제저녁에 다 마셨다고 말하고 싶은 건 아니겠지?" 그가 물었다.

"그럼요, 그렇다고 우기고 싶군요!" 닐스가 대꾸했다.

우리는 남아 있는 반병을 마저 마셨다. 나는 이따금 창가로 가서 내가 타고 갈 기선이 있는지 부두를 바라보았다.

"배가 증기를 뿜기 시작할 때 나가도 충분해요." 닐스가

다 알고 있다는 듯 말했다.

우리는 마지막 순간에 다리에 도착했다. 상하이 월리와 닐스는 가방을 손에 들고 해안가에 서 있었다. 페르시아 깃발을 꽂은 수로 안내선이 우리를 태운 뒤 짧은 구간을 이동했다.

그렇게 나는 페르시아를 처음으로 떠났다.

넉 달 뒤 나는 러시아에서 돌아왔다. 그리고 다시 팔레비 항에 도착했다. 이 이야기는 앞에서 한 적이 있다. 그날은 흐렸다. 그후 레이의 석류 정원에서 머물렀다. 이번 페르시아 생활은 나쁘지 않았다. 우리는 많은 일을 했다. 이슬람 도기와 중국 사기그릇들은 대상의 종소리가 들리지 않을 정도로 우리에게 매우 많은 것을 요구했다. 이웃 도시들 사이에 놓인 죽음의 땅에 대한 생각도 거의 나지 않았다. 기나긴 밤 시간 동안에야 비로소 모든 것이 생생해졌지만, 그것이 실제인지 꿈인지 구분이 가지 않았다. 꿈의 세계가 서서히 나를 지배했고, 그보다 서서히 두려움이 밀려왔다. 그런 뒤에 매일 아침 아름다움과 초현실적인 여명이 우리를 사로잡았다. 그것에서 나는 이 땅의 치명적인 숭고함을 깨닫기 시작했다.

그것은 페르시아에서 살려는 나의 두 번째 시도였다. 크리스마스가 되기 얼마 전에 레이를 떠날 때, 우리 중에 누가 다시 이곳으로 돌아올지 결정되지 않았다. 그러나 우리는 그 이야기를 나누지 않았다. 마지막 며칠 동안 보스턴과 필라델피아 박물관에게 보낼 용도로 서른 상자를 썼다. 그 박물관들은 대금을 보상하고 우리가 발굴한 이슬람 도자기를 얻었다. 코발트와 녹색 광택제를 바른 사발들, 거친 고령토로 만든 더 오래된 그릇들을 포장했다. 얼룩이 있고 광택제를 넘치게 바른 그 그릇들은 정확하지는 않지만, 가브리라고 부르는데, 조로아스터교도들의 물건이라는 의미였다. 그다음 중국 것을 모방한 크고 납작한 흰 사발, 검은 바탕에 터키석 색상의 줄무늬가 있는 사발 등을 포장했다. 우리는 매우 많은 대패와 신문지를 사용했고 포장한 상자 위에 빨간색으로 표시를 해 두었다. 깨진 사기 조각들도 포장을 해서 각각 번호를 붙였고, 모든 상자의 목록을 작성했다.

우리는 박물관이 비좁았던 터라 옥외에서 포장을 했다. 아주 매서운 가을바람 속에서.

어느 날 게오르게가 그것들을 트럭으로 운반했다. 그의 업무를 부러워하는 사람은 아무도 없었다. 서른 상자를 산길을 넘어 시리아 사막을 거쳐 지중해까지 옮기는 일 말이다.

이제 발굴단은 빠르게 해체되었다. 마치 우리가 이른 아침에 레이의 발굴 현장에 함께 있은 적이 없던 것처럼, 테헤란에서 벌써 연락이 끊기고 말았다.

나는 정확히 네 달 뒤 다시 오리엔트로 돌아왔다. 베이루트에 상륙했다. 발굴단에 대해서는 아무 소식도 듣지 못했다. 발굴단이 레이에서 언제 다시 일을 시작할지 그 날짜에 대해서도.

호텔로 가기 전에, 배에서 내려 세관으로 갔다. 그리고 내 차에 대해 문의했다. 나는 필라델피아에서 온 많은 상자와 고리짝들 사이에서 친구 게오르게를 만났다.

그것은 실로 특별한 우연이었다. 그렇지만 우리는 곧 헤어졌다. 둘 다 일이 있기 때문이었다.

저녁에 게오르게가 내가 있는 호텔로 왔다. 우리는 테라스에서 칵테일을 한잔했다. 게오르게는 자신이 레이 발굴단의 부단장이 될 것이며, 뷰익 신차도 두 대 갖고 왔다고 했다. 곧 비행기가 도착할 것이라는 소식도. 내 새 자동차도 우연히 똑같은 뷰익이었다. 그러나 게오르게는 시간이 많지 않았다. 바그다드를 최단 시간에 다녀와야 했다. 반면 나는 모술과 쿠르디스탄을 거쳐 러시아 국경까지 가는 큰 여행을 계획하고 있었다. 게오르게는 "참 멋진 계획"이라며 부럽다고 했다. 그 얘기를 나누는 동안, 나는 왜 갑자기 용기가 사라지는 기분이 들었는지 알지 못한다.

당시 베이루트는 이미 무더위가 시작된 터라, 우리는 바다에서 불어오는 밤바람을 반겼다. 우리는 칵테일을 두 잔째 마시고 있었다. 나는 게오르게한테 이튿날 그가 묵는 호텔로 데리러 가겠다고 약속했다. 나의 새 뷰익을 타고 아스팔트가 깔린 해안도로를 달려 보자고 했다.

그러나 그 계획은 실현되지 못했다. 내가 게오르게를 찾아갔을 때, 그는 이미 다마스쿠스로 떠나고 없던 것이다.

그건 중요하지 않았다. 게오르게를 몇 주 뒤 테헤란에서 다시 만날 것이기 때문이었다. 게다가 우리가 베이루트의 세관 건물에서 만난 것은 우연일 뿐이었다. 그럼에도 돌연한 허탈감이 꽤 오래 나를 따라다녔다. 그것은 우리가 '우연히' 만났기 때문이라고 가능한 한 스스로를 다독였다. 그에게 나와 동행하기를 원하는지 물었더라면, 반대하지 않았을 거라는 사실도 알고 있었다. 하지만 나는 그에게 묻지 않았고, 이제는 늦었다.

나는 우리가 분명 그렇게 무제한의 자유를 누린 지역에서 실망스럽지만 큰 역할을 한 우연의 한계에 대해 깊이 생각해 보았다. 다시 한번 나는 매우 자유로운 판단에 따라 새로운 길을 선택했다. 쿠르디스탄으로 우회? 나는 대체 어디에 가고 싶던 것일까?

　그리고 오늘 나는 이 계곡에 있다. 우리가 행복한 골짜기라고 부르는, 그리고 분명 모든 길의 끝에 위치한 이 계곡에.

침묵의 시작

이 모든 기억을 왜 기록하는지 가끔 자문해 볼 때가 있다. 낯선 사람들에게 읽어 보라고? 낯선 사람들에게 나 자신을 맡기려고? 아니면 친한 사람들에게? 좋은 친구들에게? 그런데 여기에서는 벌써 얼마나 많은 기록을 포기했는지! 나는 이 책이 허물없이 친밀한 정보를 담고 있지 않다는 것만큼은 확신한다.

영국인 지인들은 내게 무엇을 쓰냐고 한 번씩 묻는다. 그러면 이렇게 대답한다. "사무적인 일기." 왜냐하면 아마 화가들은 더 잘 이해할 것이다, 이 계곡이나 산과 평원과 국도와 강을 묘사하는 것만큼 개인적이지 않은 것은 없기 때문이다. 우리 발굴단이 어떻게 생활했는지 서술하는 것조차 사적인 고백과는 거리가 멀다. 페르세폴리스 테라스에서의 밤은? 술에 취해 나눈 대화는? 우리가 가끔 술에 취했다는 사실은? 비벤스키가 드물게 저녁에 하시시 파이프를 피웠다는 사실은? 그것들은 팔레비 항구의 러시아 기선이 내뿜는 날카로운 증기 파이프만큼이나, 마잔다란의 우울만큼이나 개인적이지 않다. 그리고 이른 아침에 다마반드 꼭대기에 어른거리는 부드러운 구름을 바라보는 것, 어느 날 밤 그것을 어두운 텐트 안에서 천사의 강한 어깨를 휘감은 비현실적인 실체로 재인식하는 것만큼이나 개인적인 일이 아니다……

어쨌든 이 모든 것을 포기하지 않고 기록하는 이유가 무엇인지 자문해 본다. 그것은 분명 쉬운 일이 아니기 때문이다. 기억을 글로 옮기는 일은 엄청난 노력이고, 어쩌면 결실 없는 고된 노동이다. 우리는 기억해야만 한다. 또한 기억이 나와 내 운명의 동반자들을 필시 한순간도 자유롭게 하지 않는다면, 적어도 그것에 대해 아무것도 알 필요는 없다. 우리는 이 땅 특유의 상황에 이미 익숙해졌다. 즉 우리는 어떤 순간도 자유롭지 않다, 우리는 '우리 자신'이 아니다, 낯선 것이 우리를 지배하고 우리를 자기 자신의 마음으로부터 소외한다.

그런 걸 보고 처음엔 강한 인상을 받았다고 말한다. 우리는 위대한 자연과 그것의 황홀한 색채와 순수한 형태, 당당한 본질에 매료된다. 이질적인 생활 방식을 처음에는 호기심으로, 그다음엔 거부감을 갖고 받아들인다. 그러나 그 거부감이 어떻게 사그라드는지는 알지 못한다.

강한 사람들은 마치 질병처럼 스며든 그런 유혹을 웃으면서 뿌리친다. 영리한 사람들은 적절한 때에 고향으로 돌아간다. 하지만 대다수 사람은 약하다. 나는 '가장 약한 사람 중 하나'다.

나는 이 땅에 대해 오랫동안 글을 썼다. 내 개인적인 상황과 상관없이 객관적으로. 이런 고백을 하고 싶은 처절한 충동은 어디에서 온 것일까? 정녕 내게는 속마음을 털어놓을 만한 친구가 없는 것일까? 이곳, 이국 땅에서 지내야만 하는 친구들은 나를 잘 알지 못할까? 나를 도와줄 수 없을까?

　이상하게 들릴지 모르겠지만, 우리는 이러한 상황에 이름 붙이기를 꺼린다. 우리는 종종 페르시아에 대해 이야기한다. 페르시아의 훌륭함과 명소에 대해서는 분명 많은 이야기를 나눌 만하다. 향수병을 앓는 사람은 자신의 그런 마음을 말하지 않는다. 그리고 그것은 슬픔의 첫 단계일 뿐이다.

　그러나 고향에 있었다면, 친근한 유럽 강가에 있었다면, 대화를 통해 어떤 문제가 분명해진다는 가능성을 믿었을 것이다. 의사들은 그것을 장담했다. 그러나 여기에서는 어떤 것도 믿지 않는다. 천사들은 너무 강하다. 그들은 다치지 않은 두 다리로 걷는다. 그러나 인간은 서로 어떤 요구도 하지 않는다. 타인이 어느 부분에서 상처를 잘 받는지, 본인과 똑같은 부분에 예민한지 정확히 알지 못한다. 그러면 침묵이 확장된다. 사람들은 이를 '강해졌다'고 말한다……

2부 사랑의 시도

고발

이제 평범하지만 아름다운 어떤 사건을 이야기하려고 한다. 그 사건은 '사랑'과 '행복'이라는 단어를 담고 있다. 그 이야기 속에서 우리, 즉 한 소녀와 나는 가까스로 운명에서 벗어날 뻔했지만 결국 소녀는 죽음이라는 비운을 맞는다. 그리고 내게 일말의 희망을 걸었던 소녀를 운명으로부터 지켜 주지 못했다는 죄책감으로 나 역시 끝내 절망하고 만다.

소녀의 이름은 잘레였다. 그녀의 어머니는 체르케스인이었고 나이 많은 아버지는 독실하고 평판 좋은 터키인이었다. 그는 조국의 개혁을 마뜩잖아했다.

잘레에 대해서는 이미 언급했다. 이복 여동생인 자디카에 대해서도. 나는 첫 부분에서 테헤란 평원에 살인적인 열기가 하얗게 피어오를 때, 모퉁이를 돌면 나오는 터키인의 그늘진 정원에 가서 위안과 구원의 감정을 느꼈다는 것을 설명하는 데 온 마음을 빼앗겼다. 정말, 그것은 위로였고 보호받는다는 기분이었다! 안도의 한숨이나 다름없었다.

그런데 정원으로 가는 길을 발견하기까지 왜 그렇게 긴

시간이 걸렸을까? 그 뒤부터는 어두울 때든 밝을 때든 언제든 그 길을 찾을 수 있었다. 그 길 제일 끝 모퉁이에 나무뿌리가 돌출되어 있다는 것도 알았다. 매일 그 길을 다녔다. 그런데 그만 출입을 금지당했다. 나는 매일 그 길을 오가는 것이 일상이 되도록 애썼고, 실제 그렇게 되었을 때 몹시 안정감을 느꼈다. 그런데 거기 혹독한 대가를 치르게 된 거였다.

나는 이 땅에서는 어떤 감정도 허용해선 안 되고 커다란 절망의 시작을 방해하는 어떤 희망도 믿어서는 안 된다는 것을 깨달았다. 매일 아침 그늘지고 어두운, 아주 오래된 페르시아 정원에서 눈을 떴지만 항상 변함없이 처음 나를 엄습한 것은 오늘도 내가 가진 보잘것없는 기운으로는 감당할 수 없는 어떤 힘에 맞서야 한다는 답답한 마음이었다. 이 땅과 이 하늘, 이 드넓은 평원과 야트막한 변두리 산맥은 늘 나를 괴롭혔다. 어디로 피신해야 할까? 이제는 어디로 도망가야 할까? 안정감도 느껴지지 않았고, 안도의 한숨도 쉴 수 없었다……

잘레를 처음 만났을 때, 나는 우리가 서로에게 소박하고 잔잔한 위로가 될 줄은 몰랐다. 그래서 서로에게 위로가 되는 존재를 빼앗겼을 때, 그 불행 역시 당연한 것이었다. 초월적인 존재의 엄격한 정의가 우리에게는 혹독하고 이해 불가능한 것이라고 하더라도, 그것에 반발할 수 없다. 그보다 끔찍한 것은 강하고 위대하고 파악 불가능한 존재를 감지하지 못하는 것이 아니라, 내 헛된 시도와 쓸모없는 위로가 아니라, 아무 상관 없는 낯선 사람이 나를 방해하고 아프게 한다는 것이다. 이곳 사람들은 적이 없다. 친구도 거의 없다. 내가 숨쉬기도 힘들고 괴롭다는 사실을 바로 옆사람조차 알지 못한다. 인간은 혼자다. 왜 미워하고 적대할까? 어째서 사람이 사람을 증오하는 것일까? 무엇을 위해 싸우는 것일까? 왜 상상할 수 없는 고통을 타인에게 줄까? 돈키호테의 풍차는 공격 가능한 것이었고 용기를 자극했다. 그러나 무엇을 위해 투쟁해야만 하는지 구체적인 것은 아무것도 없었다. 그리고 다른 사람의 적수를 아무도 부러워하지 않았다!

나는 언젠가 모든 것이 밝혀지리라는 걸 안다. 잘레의 죽음과 길 잃은 고통스러운 나의 삶, 이 둘에 대한 책임을 묻게 될 것이다. 그래서 나는 사람들이 내게 준 고통에 절대 저항하지 않는다. 내게 벌을 준 사람은 단 한 명이다. 다른 무엇보다 고통스러운 것은 아무 상관 없는 낯선 사람이 나를 방해하고 아프게 할 수 있다는 사실이다……

잘레

잘레와 처음 만나던 날, 나는 몸에 열이 있었다. 정원의 고목과 빽빽한 수풀 때문에 방에 볕이 들지 않았다. 뜨거운 7월의 저녁 5시였다. 침대에서 오한에 떨며 열이 오르기를 기다렸다. 잘레의 얼굴은 하얬다. 파란색으로 눈 화장을 해서 눈은 더 크고 이마는 더 하얗게 보였다. 도드라진 광대뼈에 빨간 볼 화장은 자연스럽지 않아서 아픈 사람처럼 보였다.

그녀가 폐병에 걸렸다는 얘기를 들었다. 어린아이였을 때 어머니와 함께 다보스에 갔었다고 한다. 그 뒤 1차 세계 대전이 벌어졌고, 젊고 매우 아름다웠던 잘레의 어머니는 남편을 떠났다. 잘레의 아버지는 아내에 대한 복수를 어린 딸에게 했다. 잘레를 터키 학교에 보냈고, 다시는 어머니를 만나지 못하도록 했다.

당시 터키는 전쟁으로 황폐하고 가난했다. 그리고 독립을 위해 영웅적인 투쟁을 전개했다. 잘레의 아버지도 가난했다. 학교도 가난했고 아이들은 배불리 먹을 수 없었다. 잘레의 어머니는 딸을 달라고 간청했다. 그녀에게는 부유한 남자 친구가 있었다. 잘레의 아버지는 그렇지 않아도 부서지기 쉬운 잘레의 삶보다 제 명예를 중요하게 여겼다. 잘레는 어머니를 다시는 만나지 못하고 곧 죽을 것이라고 생각했다.

그사이에 거칠고 폭력적인 애국주의자 케말 파샤[23]가 아나톨리아 평원에서 첫 승리를 거두었다. 스미르나(현 이즈미르)에서 그리스인들을 섬멸했고 뒤이어 영국인들을 퇴각시켰다. 그리고 아르메니아를 추격하기 시작했다. 대담한 쿠르드족은 산 위에서 맞섰으나 케말 파샤에게 굴복할 수밖에 없었다.

잘레의 어머니는 딸을 학교에서 몰래 빼내어 연인의 집으로 데리고 갔다. 연인은 독재자의 총애를 누리던 시인이었다. 잘레는 그때가 가장 행복했던 시절이라고 말했다. 하지만 폐결핵이 재발해서 요양원으로 갈 수밖에 없었다. 이번에는 스위스가 아니라 이스탄불 인근이었다. 그 후 아버지가 딸을 다시 테헤란으로 데리고 갔다.

그에게는 새 아내와 그 사이에서 낳은 가장 사랑하는 딸 자디카가 있었지만 큰딸을 놓아주려 하지 않았다. 그는 첫 부인이 자신을 떠났다는 이유로 잘레에게 관대하지 않았다. 잘레의 아버지는 늙은 자기 자신보다, 그 체르케스 여인이 젊고 아름답다는 이유 때문에 잘레의 고통을 헤아리지 않았다. 잘레의 젊은 엄마가 자기를 사랑하지 않았고, 결국 다른 남자에게 떠남으로써 자신의 명예를 고려하지 않았다는 이유로 잘레를 용서하지 않았다.

어쩌면 그는 잘레를 첫 아내만큼이나 사랑했다. 그는 그

---

23   Mustafa Kemal Pasha, 튀르키예 공화국의 건설자이자 대통령. "튀르키예의 아버지"라 불린다.

사랑에 대한 복수를 잘레에게 하려고 했다. 그것은 증오처럼 보였다.

"뭘 해 드릴까요?" 잘레가 내게 물었다.

"괜찮아요, 곧 낫겠지요." 나는 대답했다. 오한으로 이까지 덜덜 떨렸다. 나는 이제 무릎을 딱 붙인 채 쿠션에 몸을 밀착해야 하고, 등의 통증이 견딜 수 없을 정도로 커질 것이라는 사실을 알았다. 그러나 잘레 앞에서는 부끄러워할 필요가 없었다. 잘레는 길고 차가운 손가락으로 내 손을 감쌌다.

"이제 곧 몸이 따뜻해질 거예요." 그녀가 말했다.

"네, 금방 괜찮아질 거예요. 그러다 보면 잠이 들겠지요."

나는 잘레를 바라보았다. 이미 어떤 위로 같은 그녀의 남다른 존재감을 느꼈다.

행운에 대한 대화

한번은 잘레가 이런 말을 했다. "넌 삶에 대해 잘 생각해봐야 돼, 난 완전히 다른 것을 생각해야겠지만."

"넌 뭘 생각하는데?" 내가 물었다.

"완전히 다른, 아주 멀리 있는 것."

"내가 알면 안 되는 거야?"

그녀가 웃었다. "알려 주고 싶지 않아. 네가 지금 앓고 있는 말라리아 열병은 곧 나을 거야. 그런데 내 병은 낫지 않아. 병마가 나를 강물처럼 휩쓸 거야."

"나는 삶에 대해 생각해야 한다고?"

"난 그럴 수 없으니까. 우린 그게 달라."

"우리는 둘 다 이 나라에 있을거야." 나는 말했다.

"넌 이해하지 못해. 나를 괴롭히는 건 이 나라가 아니야. 내 아버지도 아니고." 잘레는 온화한 음성으로 말했다.

"잘레, 하지만 너희 아버지는 지금 잘못하고 있어. 너를 놓아주면 얼마나 좋을까, 공기가 좋은 곳으로 보내 주면, 다시 너희 어머니의 보살핌을 받도록 해 주면 얼마나 좋을까……"

"그러면 우리는 비슷한 처지가 될 텐데. 그러면 아아, 내 사랑, 우리는 똑같은 생각을 할 수 있을 텐데, 널 내 편으로 만드는 걸 두려워할 필요도 없을 거야."

"맞아, 그러면 우리는 아무것도 두려워할 필요가 없어."

"그런데 넌 뭐가 두려워?"

"너도 알잖아. 나는 운이 없어."

우리는 '운'이라는 단어가 무엇을 의미하는지, 그리고 인생을 사는 동안 어떤 하나를 손에 넣으면, 왜 다른 하나는 포기해야 하는지에 대해 곰곰이 생각했다.

"그걸 얻기 위해 싸워야 할까?" 내가 입을 열었다. "우리가 싸워야만 하는, 다른 많은 것들이 있어. 눈에 보이지 않는 적들이야."

"적?"

"사람들은 행운을 갈망한다고 말하지. 하지만 미지의 것, 상상할 수도 없이 아득히 멀리 있는 것을……?"

"넌 상상도 하지 않니?"

"그러면 넌?"

"나한테 그건 은빛 강물이야. 강물은 나를 물가로 인도해. 내게 어떤 피해도 주지 않고, 나를 방해하지도 않는 물가로."

"강물에 언덕들은 물러나고……"

"그리고 평원이 되지."

"처음에 너는 강물 위의 물오리 떼처럼 구름을 좇는 바람을 인지하게 될 거야."

"구름은 물 위에 그림자를 던지지. 그러면 좀 추워지겠지. 하지만 바람이 곧 멈출 거야. 강물은 잔잔해지고, 바람은 평원에서 이내 잦아들지. 그러면 저녁이 올 거야."

"잘레!"

잘레는 내 말을 듣고 있지 않았다. 그녀는 뭔가 아주 멀리 있는 것을 생각했다.

행운을 이야기하고 싶었으나 죽음을 생각하고 있다는 사실을 미처 눈치채지 못했다……

누군가가 우리를 방해하다

　우리는 많은 대화를 나누었다. 서로 특별한 이야기를 하지 않으려고 했고, 중요한 이야기를 하려고 애쓰지 않았다. 우리는 뭔가 분명해지는 것을 원치 않았다. 서로에 대해 알 필요가 없었다.

　"어쩌면 나는 네가 상상하는 그런 여자가 아닐지도 몰라. 전혀 다를 수도 있어." 한번은 잘레가 말했다.

　"나는 아무것도 상상하지 않아." 내가 대꾸했다.

　"실망할지도 몰라."

　하지만 그때는 정말 그랬다. 잘레에 대해 많이 생각하지 않았고, 잘레와의 관계는 더욱더 생각하지 않았기 때문에 실망할 이유가 없었다. 이제 내 숙소에서 잘레의 집으로 이어지는 길이 있다. 마지막 모퉁이에 뿌리가 돌출된 나무가 있는 그 길이다. 그 길을 오가는 것이 당연한 일상이 되었다고 하더라도, 어쨌든 그것으로 충분했다. 오후에 우리는 큰 나무 그늘에 누워 이야기를 나누었다. 위쪽에서는 터키 정원을 찾은 젊은 손님들이 테니스를 하고 있었다. 아래쪽에는 친절한 젊은이

들이 있었다. 가끔 우리도 테니스장에 앉아서 그들을 바라보
곤 했다. 하지만 하얀 불빛이 잘레를 피곤하게 만들었다. 우리
는, 둘이 함께, 우리 두 사람의 나무 밑에 앉아 있는 것에 익숙
했다. 어차피 우리 두 사람은 테니스를 칠 수 없다.

저녁녘에 잘레의 아버지가 사무실에서 돌아왔다. 그는 자
동차에서 내려 곧장 테니스장으로 왔다. 지나가면서 내게 인
사를 하고 잘레와 몇 마디 말을 나누었다. 그의 음성은 조용하
지만 거칠었다. 그것만으로도 잘레를 슬프게 하기 충분했다.

잘레는 다시 열이 오르던 시점이었다. 잘레의 아버지는
그마저 힐난했다.

"아버지가 테니스장에 가서 사람들 좀 살펴보래." 잘레가
말했다.

"네가 아픈 걸 봤는데도?"

"내가 정말로 아프면, 너와 그렇게 즐겁게 얘기를 나눌 수
없을 거래. 방에 가서 누워 있지……"

"네 방으로 갈까? 침대에 누워 있는 게 나을지도 모르잖
아?"

그녀의 얼굴에서 처연한 슬픔이 느껴졌다. 나는 잘레가
우는 것보다 그 표정을 더 견디기 힘들었다. "아니." 잘레가 대
답했다. "내 방은 숨을 쉴 수가 없어. 거기는 무서워. 더구나
아버지는 네가 내 방에 있는 걸 절대로 용납하지 않을 거야!"

"우리 둘이 함께 있기 좋아한다는 걸 아버지는 몰라?"

"아버지는 내가 좋아하는 건 무엇이든 증오해. 내 인생의
짐이 조금이라도 가벼워지는 걸 원치 않으셔."

그제야 나는 우리 앞에 곧 닥칠 일을 깨달았다.

"괜히 슬퍼하지 마." 잘레가 말했다. 그녀는 내 머리를 자

기 쪽으로 돌리고 물끄러미 쳐다보았다. "엄마는 널 좋아하셨을 텐데." 그녀가 입을 열었다.

우리는 미소를 지었다.

"결국 너희 아버지는 우리를 떼놓지 못해."

"아버지는 내가 너를 사랑하는 걸 막을 수 없어." 잘레가 말했다.

"그럴 수 없지." 내가 대꾸했다. "네 아버지는 우리를 떼놓지 못해."

잘레는 달래기라도 하듯 두 손으로 내 얼굴을 감쌌다. "천만에." 잘레가 말했다. "천만에, 그럴 수 있는 사람이야. 곧 그렇게 하실 거야."

"잘레!"

"내가 이런 말 한다고 화내지 마."

"잘레, 너희 아버지는 우리는 우리 둘뿐이라는 것, 우리 둘밖에 아무도 없다는 것을 모르니? 왜 우리한테 그렇게 큰 고통을 주려는 거니?"

"곧 그렇게 하실 거야." 잘레의 음성은 평온했다.

가든파티

나는 다시 라흐르 계곡에서 도심으로 돌아왔을 때, 잘레와 재회했다. 나 스스로도 뜻밖이긴 하지만, 나는 이제 체류 중단을 선언할 수밖에 없다. 이것은 시간이 흐름에 따라 드러난 사실이고, 이러한 사실은 현실이라고 부르는 것이 우리에게 해 줄 수 있는 게 거의 없음을 입증할 뿐이다. 나는 내 기억을 정확하게 되살릴 수 있다. 첫 번째 이별은 취소할 수 없었다. 우리가 처음 아발라에서 노새를 타고 두 개 협곡을 지나 라흐르 계곡에 도착한 뒤, 나는 이것이 나의 마지막 여행이자 야영지가 될 걸 알았다. 또 이것이 한여름 페르시아의 작열하는 태양 속에서 종을 울리며 산을 넘어 이어지는 죽은 자들의 대상 행렬과 다름없다는 것을 알았다. 나는 그런 대상을 이라크 사막에서만 마주쳤는데, 낙타가 길고 좁은 관을 비스듬히 짊어지고 있었다. 이따금 양탄자로 둘둘 만 시신도 있었다. 낙타들은 경건한 의지에 따라 시아파의 신성한 무덤 도시인 카르발라나 나자프로 인도되었다. 그러한 여행은 삼십 일 넘게 지속되기 일쑤였다. 신성한 지역에 자리 잡은 무덤은 비쌌다.

그러나 마지막 소원을 품을 수 있는 것만으로도 얼마나 위안이 될까. 가련한 영혼은 그 소원을 이루는 것으로 마음을 달랠지도 모른다. 인생을 사는 동안 잘못된 길로 빠진 적이 있더라도, 이제 단 한 번 있는 마지막 길은 정해져 있기 때문이다.

유독 낙타몰이꾼들과 대상 안내인들이 기억에 남는다. 왜냐하면 유사 이래 늘 똑같은 길을 따라가는 그들도 모든 흔적을 싹 쓸어 버리는 모래 폭풍을 피할 수 없기 때문이다. 뇌우가 마지막 남은 흔적마저 송두리째 씻어 버린다. 봄에는 어디에서 시작되었는지 알 수 없는 강물이 메마른 여울을 가득 채운다. 그렇지 않으면 그 여울 언저리에 뱀과 도마뱀이 서식하여 맨발로 물에 들어가는 것은 위험하다. 그러한 자연의 반란에 베두인들은 펄럭거리는 천막 앞에 속수무책으로 서 있다. 이제 해가 어느 쪽으로 지는지도 모른다. 누더기처럼 입에서 떨어져 나간 그들의 기도는 알라신의 귀에까지 닿지 못한다. 최고의 대상 안내인조차 길을 잃을 수 있다. 그는 낙타들을 하나의 원을 그리며 눕도록 하고 폭풍우가 잠잠해질 때까지 그 자리에 머물게 한다. 낙타들은 기다란 목을 숙이고 있어서, 서로 머리가 스치며 원형의 형상을 연출한다.

그렇게 많은 위험이 도사리는 데다 까딱하면 길을 잘못 들어설 수 있기 때문에, 신실한 아랍인의 마지막 소원은 이해할 수 있을 것 같다. 그는 죽음의 대상이 언젠가는 초록의 오아시스 도시인 카르발라나 백색 도시 나자프에 도착한다고 확신한다. 나자프는 넓은 무덤의 벨트에 둘러싸여 있고, 사막 한가운데 신기루처럼 반짝이는 모스크의 황금빛 둥근 지붕으로 장식되어 있다.

나는 아발라 루트를 다시 만났다. 고갯길의 오르막은 꽤 길어 보였고 내리막은 가팔라 보였다. 죽음의 깊은 골짜기는 여전히 생기가 없었고, 아주 작은 샘물은 한 마리 새의 심장 박동에도 전혀 움직이지 않았다.

드디어 우리가 자동차를 타고 국도를 달리기 시작했을 때, 저 멀리 평원 너머로 둥근 연무가 보였다. 그것은 유독성 구름처럼 테헤란을 감싼 먼지였다.

그날 저녁 외무부 장관이 환영회를 베풀었다. 이파리에 작은 먼지가 질식할 듯 빽빽하게 내려앉은 수풀을 백 개의 등불이 환하게 비추었다. 작은 구멍이 있는 페르시아 등불은 정교하게 장식한 길 위에 고정되어 매달려 있었다. 살인적인 여름 기운이 파티를 지배했다.

내 옆자리에 독일 대리 대사가 앉았다. 이곳에 온 지 육 년 된 남성으로 페르시아를 사랑했다. 그런데 그는 그만 그날 밤에 심장 마비로 세상을 떠났다.

초대받은 손님은 200명이었다. 그들은 양쪽으로 열리는 건물 회랑과 덤불 사이에서 움직였다. 회랑은 넓은 계단을 통해 정원으로 연결되었다. 위에서는 유럽 악단이 연주를 했다. 나는 내 자리에서 춤추는 사람들, 흰옷에 가면을 쓰고, 금발 헤어에 가르마를 미끈하게 탄 신사 숙녀를 바라보았다. 그들은 조금 거리를 두고 춤을 추었다. 여자들은 손을 파트너 어깨에 조심스럽게 올려놓았다.

나는 잘레를 뒤늦게 알아보았다. 그녀의 모습은 특유의 가슴 아린 슬픔을 불러일으켰다. 마지막으로 보았을 때보다 병색이 짙어 보였다.

회랑에서 연주하던 음악이 중단되었다. 내 귀에는 갑자기 옆에서 담소를 나누는 사람들 목소리만 들렸다.

좁은 통로를 지나 잘레가 다른 어린 소녀들 사이에 둘러싸여 있던 내게 다가왔다. 그 통로는 어두운 덤불 사이로 난 길이었다. 짙게 화장한 새하얀 잘레의 얼굴에 작은 등불들이 희미한 빛을 던졌다. 그녀와 나의 거리가 어느 정도인지 가늠해 보았다. 멀지 않았다.

내가 이 사람을 얼마나 애타게 불렀던가? 자문해 보았다. 그럴 때마다 얘기 나눌 수 있던 건 천사뿐이었다. 천막 그늘 속에 조용히 나타난 그 천사의 모습을 떠올리면, 뼈에 사무칠 정도로 내 외로움이 절절하게 느껴졌다.

잘레가 저쪽에 멈춰 섰다. 시끌벅적한 소음 속에서 잘레의 여린 음성이 내게 닿았다. 감염으로 부은 두 발에 통증이 있었지만, 일어서서 잘레를 향해 걸었다.

"생각보다 일찍 돌아왔네." 잘레가 말했다.

"이 파티 때문에 온 건 아니야."

그녀가 나를 빤히 쳐다보았다.

"너 때문이 아니라 전염병 때문에 의사를 만나야 해. 그 때문이야." 내가 낮은 목소리로 말했다. 나는 어떤 의심도 할 필요 없다는 걸 알려 주는 것이 중요한 일인 양 덧붙였다.

"계곡으로 돌아가려면 누군가 데려다주어어겠네?"

"맞아, 나는 가능한 한 곧바로 다시 돌아가야 돼." 내가 대답했다.

"그래야지." 잘레가 위로하듯 말했다.

"열이 좀 있는 것 같네……" 잘레의 하얀 뺨에 지병으로 생긴 반점이 보였다. "나 여기에 머무르면 안 될까? 너를 위해 해 줄 일이 없을까?" 나는 잘레에게 물었다. 하지만 소음 때문에 내 목소리가 내 귀에 들리지 않았다.

"같이 가자." 잘레가 말했다.

우리는 단둘이서 회랑으로 올라갔다. 나는 계단 난간에 기댔다.

"걷기가 힘들구나." 내 모습을 본 잘레가 걱정스러운 듯 입을 열었다.

"응, 지옥 불처럼 달아올라." 내가 웃으며 말했다. 우리는 난간을 통해 정원으로 내려왔다. 이제 앞이 보이지 않을 정도로 어두워졌다. 밤바람에 빨간 등불이 흔들거렸다.

"이제 좀 시원해졌네." 잘레가 말했다. 그 기분은 작은 심호흡에 불과했다. 정원 뒤편으로는 여전히 유독성 구름이 열기에 달아오른 지붕 위로 그을음을 피워 올리고 있었다.

"아버지가 이제 너 만나지 말래." 잘레가 별안간 입을 열었다. "내가 누군가를 만나는 걸 절대 허락하지 않아."

사람들은 다시 춤을 추기 시작했다. 거리를 두고 떨어져 있던 그들의 육체가 천천히 내 곁을 스쳐 지나가며 움직였다. 잘레의 말은 오래전부터 짐작한 일이었지만, 나는 순간 놀랍고 당황스러웠다.

"제발, 그러지 마." 잘레가 내 옆에서 말했다.

이미 잘레는 내 옆에서 멀어져 있었다. 다른 사람들처럼 우리는 천천히, 축제의 밤을 벗어날 희망도 없이 춤을 추는 것 같았다.

"아버지도 이제 내가 아프다는 걸 알아. 날 잃지 않고 싶어 해. 그렇기 때문에 사람들로부터 나를 떼어 놓으려는 거야. 고집이 대단한 분이야."

"엄마한테 가면 안 돼?"

나는 잘레가 눈물을 참고 있는 걸 보았다. 잘레는 뒤쪽 난간에 등을 구부리고, 쇠약해진 몸과 체열 그리고 터질 듯한 눈물을 꾹 참기 위해서 깊은 한숨을 내쉬었다.

"그러지 마." 내가 말했다.

"너는 이미 떠난 뒤였어." 잘레가 대답했다. "그게 마지막이었다니!"

나는 인정하고 싶지 않았다. 잘레의 두 손을 잡고 한탄하고 싶었다.

"아버지는 네가 우리 부녀 사이를 갈라놓는다고 생각해." 잘레는 자기 자신에게, 그리고 우리 둘에게 어떤 불행한 일도 일어나지 않을 것처럼 담담하게 말했다. "아버지는 내가 친구들 도움으로 자기에게 반항할 거라고 생각할 거야. 아버지는 자존심에 견디지 못할 거고. 나한테 복수할 거야. 그리고 그건 너한테 전혀 도움이 안 될 거야. 이제 난 가 봐야 돼."

나는 계단을 오르내리는 많은 사람 사이에서 잘레를 보았다. 계단에서 그리고 정원으로 이어지며 보이던 그녀의 모습이 더는 눈에 띄지 않았다.

위스키, 체열 그리고 노래하는 인부들

이튿날 엉덩이까지 부어오른 내 다리를 의사가 힐끔 쳐다보았다.

"좀 더 일찍 오지 그랬어요?" 의사가 물었다.

"그게 그렇게 쉽지 않았어요. 길이 멀거든요." 내가 대답했다.

"열도 나네요, 꽤 높아요."

"열은 별로 괴롭지 않아요."

"그래도 이 염증 부위를 없애려면 괴로울 겁니다."

나는 이 의사가 환자를 어떻게 다루는지 알았다. 이 열대지역에서 진료하는 영국 의사들을 알고 있었으니까. 그가 말했다. "자, 흥분만 하지 마세요. 센 위스키 한 잔이면 됩니다." 의사가 일어서서 선반에서 병을 하나 가지고 왔다. "그 후에 구빈원으로 이송하겠습니다." 그는 위스키를 잔에 따랐다. "죄송하지만 얼음은 못 드려요. 세균 때문에요. 이처럼 해가 쨍쨍한 테헤란의 여름 날씨에 당신처럼 면역력이 떨어진 사람이 얼음을 먹으면 죽을 수밖에 없어요."

이윽고 우리는 그의 자동차로 갔다. 나는 염증이 생긴 발을 어떻게 내디뎌야 할지 몰랐다.

"선생님의 방갈로에서 자동차까지 11킬로미터는 되는 것 같군요." 내가 말했다.

그는 내 어깻죽지를 잡고 부축했다. "위스키가 기적을 불러올 거예요. 예전처럼 걸을 수 있을 겁니다!"

그러고는 마취에서 깨어났을 때 나는 말했다. "내가 한 말은 전부 거짓말이에요. 그래도 잘레가 왔으면 좋겠어요."

"벌써 그녀에게 편지를 보냈어요." 어린 간병인이 말했다. "그리고 붕대도 제거했어요."

"참 친절하시군요. 다만 내 말을 전부 믿을 필요는 없어요."

친절한 소녀가 말했다. "물론이에요. 당신 요구대로 붕대만 제거했어요. 그리고 당신이 불러 주는 대로 편지를 받아 적었어요."

"난 편지 내용을 불러 준 적이 없는데요!"

"아주 짧은 내용이었어요. 이제 곧 친구분이 당신을 만나러 올 거예요."

길고 무더운 밤이었다. 나는 침대보에 올려놓은 다리를 보았다. 발은 베개 위에 있었다. 다리의 상처는 더는 불타듯 부어 오르지 않았지만, 그럼에도 내 발 같지는 않았다.

이른 아침부터 인부들의 노랫소리가 들려왔다. 그들이 짓고 있는 집의 뼈대가 창문 너머로 보였다. 페르시아 인부들은 단 며칠 만에 뚝딱 집 한 채를 지었다. 그들은 굽지 않은 젖은 진흙을 통나무에 바르고 그것을 차례차례 쌓으면서 노래를 불렀다. 작업 반장은 흥얼거렸다. "통나무를 줘, 먼저 반 토막짜리를, 그다음 한 토막을······" 그는 밑에서 진흙 바른 통나

무릎 위로 올려 주는 젊은이에게 간간이 소리를 질렀다. "안 들려? 이 멍청한 놈아, 개자식 같으니라고!" 그는 그럴 때만 노래를 중단했다. 그리고 곧 태연하게 이어 불렀다. "먼저 반 토막짜리를, 그다음 한 토막을."

그렇게 한두 시간이 흘렀다. 나는 고함을 지르기 시작했다. 상냥한 간병인이 들어오자 내가 말했다. "내가 움직일 수만 있으면 벨을 눌렀을 텐데, 미안해요."

"그렇게 소리 지르면 안 돼요. 바로 옆에 장티푸스 환자가 있어서……"

"죄송해요……"

"박사님은 1시에야 오셔요. 그 독일인의 시체를 방부 처리 해야만 하거든요."

나는 갑자기 속이 메스꺼웠다.

"무더위 때문에요." 간병인이 말했다.

"밖에 있는 인부들한테 제발 노래 좀 그만 부르라고 해 주세요."

곧 그녀는 밖으로 나갔다. 그러나 해가 질 때까지 인부들의 노랫소리는 계속되었다. 잘레는 오지 않았다.

다음 날 밤에 나는 간병인과 수다를 떨기 시작했다. "이 무더위에 어떻게 일을 해요?" 내가 물었다.

"습관처럼 하는 거죠. 건강하기만 하면……"

"저는 다시 건강해질 수 있을까요?"

그녀는 미소 지었다. "당신처럼 증상이 가벼운 환자만 있으면 좋을 텐데요!"

"그러니까 장티푸스만 걸리지 않으면 된다는 뜻이에요?"

"그게 아니라, 여기 야생에서는 언제 어디서든 죽을 수 있어요. 하지만 당신 발을 한번 보세요."

"맞아요, 아주 건강합니다."

"떼어낸 상처 부위까지 잘 아물었어요. 며칠만 지나면 춤도 출 수 있어요."

"춤출 수만 있다면!"

"며칠 뒤 퇴원할 거라고 박사님이 말씀하지 않으셨어요?"

"그렇게만 된다면 얼마나 좋을까요!"

"무엇이 그렇게 두려우세요?" 친절한 간병인이 물었다.

나는 몸을 똑바로 일으켜 앉은 뒤 입을 열었다. "내가 다시 건강해질 수 있을까요? 그때 내가 불러 준 것 정말 받아 적었어요?"

그녀는 뜨개질하던 것을 내려놓았다. "그럼요." 그녀가 입을 열었다. 나는 왠지 좀 당황스러웠다. "당연하죠!"

"맞아요. 친구인 잘레에게 보내는 편지를 당신한테 받아 적도록 했죠."

"이제 기억나세요?"

"처음엔 부인했지만 지금은 인정해요. 이제 내가 어떤 행동을 했는지 정확히 기억나요. 편지에 뭐라고 썼는지도 알아요……" 나의 말은 이어졌다. "……그래도 오지 않는군요."

"아마 오늘 시간이 없는가 보지요."

"내 친구 상황을 전혀 모르시는군요. 내일도 오지 않을 거예요."

"조금만 더 참고 견디면 안 돼요?"

"네. 당신은 아무것도 몰라요. 이 나라에서 참고 견디기 시작하면, 절망일 뿐이에요!"

그 친절한 소녀는 내 쪽으로 고개를 숙였다. "아직 열이 좀 있어요. 자야 해요." 그녀가 말했다. 내가 대답을 하지 않자, 별안간 덧붙였다. "이 나라를 두려워하기 시작하면 안 돼요. 그리고 뭔가를 책임지기 시작해도 안 돼요. 절대 그러기 시작해선 안 돼요!"

두려움과의 싸움

나는 내 인내심을 시험하지 않았다. 결국 상처에 손을 댔다. 의사는 고름이 찬 상처 부위를 다시 열었다.

"죄송하지만 꽤 아플 거예요. 그래도 마취할 필요는 없어요." 의사가 말했다.

"혹시 그 나이 많은 터키 남자 아세요?" 내가 물었다.

내 발을 잡은 친절한 간병인이 나를 힐끗 쳐다보았다.

의사가 입을 열었다. "너무 더워서 심장에 무리가 가면 안 돼요."

"자디카라는 아이도 치료해 주셨죠? 이질에 걸렸을 때. 자디카의 언니도 아시죠? 그녀가 중병에 걸렸다고 보세요?"

"잘레 말씀이신가요? 그 터키 소녀는 너무 순종적이에요. 고집 센 아버지 때문에 결국 무너지고 말 거예요."

"잘레도 알고 있어요……"

"그렇다고 내가 억지로 강요할 수도 없어요! 그 아이를 납치할 순 없으니!"

나는 화가 나서 말했다. "그러시겠죠. 당신은 잘레가 여기에 와서 나를 만나도록 어떤 수고도 할 수 없겠지요!"

"제발 당신 건강만 생각하세요." 의사가 말했다.

"나는 잘레를 만날 권리가 있어요!" 내가 고집을 피웠다.

"그럼요." 간병인이 친절하게 말했다.

의사는 내 상처를 만지며 말했다. "이제 정신 바짝 차려요."

나는 몹시 긴장했다. 의사가 메스로 보이는 것을 가지고 가장 연약한 부위를 찔렀다.

그리고 붕대를 다시 감고 난 뒤에 나만 홀로 두고 나갔다. 인부들은 노래를 계속 불렀고, 흙담은 믿을 수 없을 정도로 빨리 올라갔다. 저 일을 마치면 노래도 중단될 거라고 생각했다. 하지만 새집에는 사방을 감싸는 담장이 있어야 하고, 나중에 담장이 세워지면 그 옆으로 아마 또 다른 집이 지어질 거라는 생각이 퍼뜩 들었다. 그러면 노래는 영영 끝나지 않을 것이다.

침대에서는 벨이 손이 닿지 않았다. 옆 침대에 있던 티푸스 환자가 간밤에 죽었음에도, 나는 소리 지를 엄두도 못 냈다.

늦은 오후에 약간 시원해지자 창문 앞에서 들리던 노랫소리가 돌연 중단되었다.

이젠 익숙하지 않은 적막이 더 고통스러웠다.

욱신욱신한 발 통증은 좀 가라앉았다. 뜨겁고 눅눅한 침대 시트 위에서 몽롱한 상태로 누워 있었다.

나는 생각했다. '지금 손을 뻗어 담배 한 개비에 불을 붙일 수 있다면, 적어도 그렇게 담배를 피울 수라도 있다면, 그것은 건강하다는 증거다.' 이어서 커다란 고함이 들렸다. "나는 건강해요, 건강해요……"

그 소리에 아무도 대꾸하지 않았다. 갑자기 땀이 났다. 허공에 소리를 지르는 것은 몹시 피곤한 일이었다. 내 고함을 들은 사람이 없어서 다행이었다. 들었다면 나를 미친 사람이라고 생각했을 것이다. 사람들은 혼자 있을 때 소리 지르지 않는다. 나는 술도 취하지 않았고 정신도 아주 말짱했다. 그들은 아무것도 주지 않았다…… 나는 몹시 불안했다. 내게 뭔가를 주었다면, 예를 들어 모르핀을 주었다면 나는 소리를 지르지 않았을 것이다. 공포, 결코 공포를 느끼지 않았을 것이다. 그랬다면 혼자서라도 얼마든지 여기에 가만히 누워 있었을 것이다. 그랬다면…… 나는 다시 큰 소리로 고함을 지르기 시작했다. 구름 사이로 내미는 손일지도 몰랐다!

이런 생각을 하다가 갑자기 고함을 멈췄다. 몸을 조금 일으키고 앉아 구겨진 침대보 위에서 화끈거리는 피부를 느끼며 스스로를 다독거렸다. '누군가 곧 올 거야.' 혼잣말을 했다. '찬물로 날 씻어 주고 마실 것을 줄 거야. 그러면 밤이 되겠지. 밤은 좀 시원할 거야……' 한 치의 의심도 파고들지 못하도록 빠르게 말했다. 참으로 모든 소리가 다 들리는 벽이 놓인 내 뒤에도, 열려 있는 문의 새까만 어둠 속에 공포가 서 있었다.

그때 간병인이 들어왔다. "손님이 왔어요."

잘레가 어스름이 깔린 작은 방으로 들어섰다. 그리고 침대로 다가와서 나를 일으켰다. 나는 잘레의 두 팔을 잡고 그녀의 어깨에 머리를 던지듯 파묻었다.

이별

나는 참으려고 애썼지만 이내 울음이 터졌다.

"네가 못 오는 줄 알았어. 오지 않을 거라고 확신했어."

"미안해."

"네 편지 받자마자 오려고 했어. 그런데 쉽지 않았어."

"괜찮아. 지금 너무 행복해."

"그런데 편지를 보낸 건 좀 경솔했어."

"알아. 나도 곧바로 실수했다고 생각했어."

"경솔하긴 했지만, 실수는 아니었어."

"그렇게 이해해 주니 고마워."

"쓸데없는 소리 하지 마. 제발 그런 말 하지 마!"

"널 꼭 보고 싶었어. 내가 널 만나고 싶어 했던 걸 알았니?"

"당연하지, 내 사랑."

"지금 내 앞에 네가 있다니, 내가 널 보고 있다니……"

"기다리게 해서 미안해, 이 가여운 사람."

"……그리고 이제는 떠나지 마. 이제 우리 함께 있자."

그녀는 내 어깨를 약간 젖혀 주고 나를 빤히 바라보았다.

"그래. 이제 다시는 너를 혼자 두지 않을 거야."

"우선 건강해져야 돼."

"너도."

"그다음엔……"

그녀는 미소를 지었다. "그다음엔." 그녀가 말했다. "그다음엔 누구도 우리를 방해할 수 없어."

"우리 다른 나라로 떠나자."

"우리 둘만 지낼 수 있는 행복의 나라로."

"그게 어딘지 알아?" 내가 물었다.

"당연하지." 잘레가 진지하게 말했다. "누구도 우리를 방해할 수 없는 나라지!"

"네가 건강해지기만 한다면, 잘레!"

"내 걱정은 하지 마. 제발 나 때문에 두려워하지 마!"

"두려워하지 말라고?" 내가 물었다.

"응, 내가 네 곁에 있는 한."

"네가 이제 항상 내 곁에 있는다고?"

"그렇게 하겠다고 약속했어."

"좋아."

"날 좀 믿어 봐! 왜 날 못 믿어?"

"오, 세상 끝까지……"

잘레가 내 쪽으로 몸을 기울였다. "우리는 이제 끝에 다다랐어." 그녀가 말했다.

"그래도 우리는 아직 젊어."

"상관없어."

"우리는 이미 너무 많은 슬픔을 겪었어. 잘레, 그런데 우리 둘 다 아직 젊어. 사람들은 이제 인생 초년병이라 말하지."

"아니야. 적어도 각오는 하고 있어."

"아무 소용도 없단 말이야?"

"내 사랑, 누군가가 우리를 도와줄 거라고 생각해서는 안 돼."

"하지만 나는 널 믿어. 세상 끝까지 널 믿어."

"그러면 덜 무서워?"

"나는 다른 나라를 생각해. 우리는 거기에서 정말 행복할 거야."

"네가 두려워하지 않았으면 좋겠어. 그래야 안심할 수 있어."

"언젠가 다시 잘 살 수 있다고 믿어야만 해."

"내 옆에는 늘 네가 있을 거야."

"우리는 늘 함께야, 잘레!"

"그래." 잘레가 다정하게 말했다. "이제 나는 가 봐야 해."

"잘레!"

"내 사랑."

"내 곁에 있는다면서?"

"응, 그런데 그럴 수 없다는 거 너도 잘 알잖아."

"제발, 제발, 날 혼자 두지 마."

"넌 지금 흥분해선 안 돼."

"하나님께 맹세코 날 혼자 두지 마."

"신은 이미 오래전에 우리를 외면했어. 이제 신을 걸고 얘기하지 마."

"부탁할게, 잘레, 부탁할게……"

"진정해." 잘레가 말했다. "내일 구빈원으로 이송되지 않으면 다시 올게." 잘레는 내 손을 꽉 잡고 내 쪽으로 고개를 숙였다. "제발 잘 견뎌." 잘레가 말했다.

우리는 얼굴을 맞대었다.

"왜 신이 우리를 외면했다고 생각해?" 내가 물었다. "왜 우리를 갈라놓을까? 왜 너를 나한테서 떼어 놓는 걸까?"

"네가 잘 견뎌 주기만 해도." 그녀가 말했다. "나는 더 이상 어쩔 수가 없어. 너한테 어떻게 해 줄 수가 없어. 하지만 네가 다른 나라에 간다면, 신이 모든 천사와 함께 너에게도 다시 돌아올 거야. 네가 잘 버티면."

"나는 그러고 싶지 않아, 잘레."

"이제 너한테 부탁할 수 있는 게 없어, 내 사랑." 잘레가 일어섰다. 우리는 서로 두 손을 꼭 잡았다.

"내일 또 와야 돼." 나는 애원했다.

"그래, 내 사랑."

"잘레, 네가 나한테 어떤 사람인지 안다면!"

"응, 내 사랑."

"……이제 떠나서 돌아오지 못하면."

잘레가 내 손을 가만히 놓고 베개에 내 머리를 올려놓았다. "우리는 이제 멀리 떨어지지 않아." 그녀가 입을 열었다. "누구도 우리를 방해할 수 없어."

나는 다시 한번 몸을 일으키고 싶었지만, 잘레는 이미 문가에 있었다.

잘레는 다음 날 소련의 의료 시설로 이송되었다. 그녀의 아버지는 딸이 무리하지 않도록 어떤 방문객도 허락하지 않는다고 했다. 나로서는 별 상관 없는 일이었다. 어쨌거나 잘레를 보러 갈 엄두조차 낼 수 없었으니.

내 의사는 잘레의 상태가 너무 나빠서 왼쪽 폐를 빨리 지혈해야 목숨을 구할 수 있지만, 잘레가 수술을 두려워하고 잘레의 아버지는 그와 관련한 어떤 얘기도 들으려 하지 않는다는 얘기를 전해 주었다. 물론 나는 수술을 잠깐 연기하는 것보다 수술 자체의 성공이 더 의미가 있다는 말을 믿지 않는다.

　　발이 거의 낫자, 나는 사람들의 도움으로 라흐르 골짜기로 되돌아갔다. 이번에는 그 루트를 거의 기억할 수 없었다. 그러나 어느 날 저녁에 다시 내 천막에 들어서니, 모든 것이 이전과 같았다.

천사 그리고 잘레의 죽음
(캐서린 크레인을 위하여)

그때 천사가 다가왔다. 이번이 두 번째였다. 나는 천막 앞에 서서 천사가 오는 것을 보았다. 저녁이 되면서 은빛으로 바뀐 강물에 두 눈이 고정되어 있었는데도 강물은 평평한 초록의 기슭 사이에서 띠를 두른 다마반드산 쪽으로 유유히 소리 없이 흘러갔다. 거기까지는 긴 여정이었다. 시커먼 절벽과 높은 잔디 둔치가 물러섰고 계곡은 넓어지면서 달빛이 흐르는 평원이 되었다.

이제 잘레가 죽는다는 것을 알고 있었다. 그래서 천사를 쳐다보고 인사할 마음도 들지 않았다. 천사는 내게서 약간 떨어져 있었다.

"혹시 저 물이 어디로 흘러가는지 아니?" 그가 물었다.

"아니, 그런데 저건 잘레의 눈물이잖아, 죽음의 눈물. 저 위로 밤이 내려앉겠지." 내가 대꾸했다.

천사의 존재가 나를 방해했지만, 마음은 온통 잘레 곁에 있었다. 소리 없이 흐르는 강물이 나와 잘레를 연결해 주었다. 강물이 내 마음에 다다른 것 같았다. 그리고 이내 나를 관통한 뒤 수수께끼처럼 다시 한번 잘레와 합류한 것처럼 느껴졌다.

천사는 침묵했다. 그 시간이 얼마나 길던지 그의 존재를 잊을 정도였다.

그가 다시 입을 열었을 때, 나는 화들짝 놀랐다.

"네가 지금 하는 짓은 참으로 오만방자해. 다 소용없는 일이라는 걸, 그 소녀를 다시는 볼 수 없다는 것을 너는 알고 있어. 누구도 그렇게 짧은 시간에 다른 사람의 마음속에 밀고 들어갈 수 없다는 것, 다른 사람과 온전히 하나가 될 수 없다는 것을 너도 잘 알고 있어. 너도 어머니에게 육신만 받았을 뿐, 세상에 태어나서 첫 호흡을 통해 들이마신 것은 외로움이야."

"나도 알아." 내가 대답했다. "하지만 서로 사랑하고 한편이 되는 것 말고는 우리에게 위안이 되는 것은 없었어."

"그래서 지금 그 아이를 어떻게 돕겠다는 거야?" 천사가 말했다. 비웃음은 찾아볼 수 없는 말투였다. "지금이 그 소녀에겐 가장 고통스러운 시간이야. 죽기에 너무 젊은 나이여서."

"잘레에게 가 봐야겠어!" 나는 참지 못하고 버럭 소리를 질렀다. "튼튼한 노새를 타고 국도를 따라가면 여덟 시간이면 돼. 운이 좋으면 오늘 밤 테헤란으로 데려다줄 자동차를 만날 수도 있을 거야!"

"사람들이 널 그 아이 곁에 있도록 하지 않을 거야. 의료원 문턱에서 서성이겠지. 어쩌면 기껏해야 병실 복도에나……"

"소리를 지르면 되지!"

"그래, 너는 고함을 치고 어쩔 줄 몰라서 울겠지. 인간들은 늘 그랬어, 지금이나 백 년 전이나 천년 전에도. 인간들은 늘 그렇게 아무 쓸데없는 저항을 했지."

나는 증오로 몸을 부르르 떨면서 천사를 쏘아보았다.

"그리고 사람들이 운명이라고 부르는 것, 인간이 운명에 맞서는 것은 사실 아무것도 아니야. 그 정도는 운명한테 새발의 피에 불과해."

"넌 거짓말쟁이야! 그저 그런 별 볼 일 없는 천사에 지나지 않아. 그래서 나 자신도 그저 그런 인간으로 만들지!"

그는 관용을 베풀듯 나를 못 본 척했다. "지금 널 막고 있는 게 뭔데?" 그가 물었다. "그녀가 널 보고 싶어 한다는 것을 알아. 아마 그것 말고는 다른 소원은 없을 거야. 네가 오늘 밤자기 병실 문에 들어서는 희망에만 매달려 있을 거야."

잘레의 얼굴이 눈앞에 나타났다. 열이 나서 축축한 이마, 병 때문에 생긴 뺨의 빨간 반점, 살짝 벌린 아름답고 부드러운 입술, 그리고 통증으로 아주 약간 일그러진 입언저리. 잘레가 나를 바라보았다…… 슬픔으로 나를 사로잡은 그 얼굴 외에는 아무것도 생각나지 않았다. 나는 간절히 애원했다. "어떤 방법도 없는 거야?"

이제 천사가 매우 온화하게 대답했다. "잘레의 아버지가 너의 면회를 금지했어. 별로 합당하지 않은 이유를 대면서. 솔직히 말하면 악의적인 마음에서 그런 것 같아. 하지만 저의를 아는 게 무슨 소용이 있어? 그는 무조건 너를 방해하는 거야. 설상가상으로 너는 그 소녀에게서 아주 멀리 있어. 네가 그곳에 갈 수 있는 어떤 뾰족한 수가 있을까?"

나는 울었다. 반발해 봤자 소용이 없었다. "내가 그 남자한테 뭘 잘못한 걸까?" 나는 물었다.

천사가 머리를 흔들었다. 그의 어깨를 외투처럼 감싸고 있던 구름이 약간 올라갔다. 이제 인간의 슬픔에 공감하는 듯한 목소리로 대꾸했다. "그렇게 따져 봐야 아무 소용 없다는 거 몰라? 그러지 않으면 이 세상 어디에나 있는 명백한 불의에 파멸하고 말 거야. 너희들은 대체 무엇에 희망을 걸고 있는 거야? 애당초 나쁜 마음을 품은 그 낯선 남자한테 무슨 희망을 걸고 있는 거냐고? 혹시 그가 정말 순수하게 딸을 사랑하는 마음으로 그런다고 생각해? 그 남자는 자기 딸에게 복수를 하고 있는 거야! 널 방해하는 것도 그런 이유 때문이고! 만에 하나 정말 자기 딸을 사랑할 수도 있겠지. 그렇다고 잘 알지도 못하는 남자한테 희망을 걸고 있는 거야? 아니면 고작 하룻밤 사이에 노새길을 넘어가겠다고?"

하지만 그 노새길마저 이제 어두워졌다. 그사이 밤이 되었다.

천사는 강가의 돌 위에 앉아 있었다. 나는 그를 바라보았다. 그런데 낯선 신의 형상과 비슷한 그의 실루엣과 성자의 둥근 띠처럼 어둠 속에 고요히 놓여 있는 밝고 불룩한 외투만 보였다.

내가 입을 열었다. "잘레의 손목에 흉터가 있어. 예전에 죽으려고 했거든. 어머니와 떼어 놓았을 때."

"너는?" 천사가 물었다. 그의 목소리에 또다시 낯선, 신성한 기운이 서려 있었다. "너도 죽으려고 한 적 있어? 대체 왜 그런 생각을 하는 거니?"

"우리에게 열려 있는 마지막 출구라고 믿으니까!"

"넌 죽음이 그렇게 쉬운 거라고 생각하니? 죽음이 고작 너 자신의 탈출구일 뿐이니?"

"내가 아니라 삶의 탈출구이지. 삶은 내게 너무 많은 고통을 주었어. 낯선 남자가 나를 해할 수 있어. 아주 작은 방해에도 난 무너질 수 있어."

"그런데 넌 그런 작은 일들에 맞서기 위해 가장 큰, 최종적인 힘한테 도움을 청하는 거야?"

"너무 쌀쌀맞게 굴지 마." 내가 말했다. "넌 알고 있어. 그렇게 작은 일들이 나를 무너뜨린다는 거. 나는 누구한테 빌까? 나 자신이 약하다는 걸 느껴. 이 싸움을 그만두고 싶어. 그렇게 차갑게 굴지 말고, 허락해 줘!"

"나는 어떤 것도 허락할 수도 금지할 수도 없어. 네가 포기하고 단념하는 거 외에 아무것도 바라지 않아."

나는 텐트 지지대에 몸을 기댔다. 피곤했다. 미동도 없는 천사의 실루엣과 나 사이에 거리가 더 벌어진 것처럼 보였다.

"기도는 해 볼 생각 없어?" 그가 물었다. "다른 건 다 해 봤잖아?"

"기도하는 동안, 잘레는 죽고 말 거야!"

"그럼 대체 지금 무엇에 희망을 거는데?"

나를 사로잡은, 친근하고 위로가 되는 잘레의 얼굴을 천사는 알고 있었다!

그는 물끄러미 강물 너머를, 그리고 계곡을 바라보았다. 천사에게는 그곳이 어둡게 보이지 않았다.

그의 어깨에 걸린 구름이 서서히 올라와서 새처럼 가볍게 위에서 떠돌다가, 가물거리는 다마반드산 정상에서 미끄러지더니 어느새 사라졌다.

천사는 아무것도 걸치지 않은 채 미동도 없이 앉아 있었다. "몇 주 전에 너는 모든 힘을 놓아 버릴 작정이었지. 그 후 나에게서 기운을 얻지 않았어. 내가 일부러 네 천막을 찾아갔는데도 말이야. 너는 좀 더 인간적인 방식으로 희망에 매달리는 편을 좋아하지. 그것이 너를 어디로 이끌었니?"

그때 나는 스스로 무너질 결심을 했다. "나를 여기에서 데려가." 나는 소리를 질렀다. 목소리는 찢어졌다. 나는 큰소리로 울었다. "나를 이 골짜기에서 나가게 해 줘. 집으로 데려다 줘! 집에 가고 싶어!"

천사의 목소리가 대답했다. "이곳은 나의 영역이야. 넌 자발적으로 이 골짜기에 오지 않았어? 그런데 지금은 빠져나가고 싶다고?"

나는 몸이 부르르 떨릴 정도로 흐느꼈다. 그래서 텐트 지지대를 꽉 잡았다. "자발적……" 나는 폭발했다. "아, 넌 네가 천사라는 거 알고 있지? 그래서 우리 인간의 자발성이 어떻게 나오는 건지 모르지? 누가 나를 여기로 데려왔을까? 왜 나는 그렇게 많은 길을 떠나야 했고, 시간이 지날수록 길을 잃어야 했을까? 맨 처음에는 모험이었고, 그다음은 향수라고 불렸어. 그러고 두려움에 휩싸이기 시작했는데, 아무도 도와주지 않았어. 오, 틀림없이 누군가가 나를 몰아냈어. 나는 고발하고 싶어, 누군가를 고발하고 싶어, 나한테 책임을 전가하지 않았으면 해, 내가 여기서 혼자 죽어 가도록 두고 보지 않았으면 해, 나를 집으로 데려다줘!"

나는 탈진한 채 잦아드는 내 목소리에 귀를 기울였다. 이내 메아리가 울렸다. 메아리가 경쾌하게 물 위를 달렸다. "나를 집으로 데려다줘!"

천사는 한참 말이 없었다. 결국 내가 조용히 입을 열었다. 그에게 용서를 빌고 싶었다. "너의 구름이 사라졌어!"

천사가 미소 지었다. 그가 웃었다!

"네가 내 구름을 걱정하다니!" 그가 말했다.

그리고 내가 이미 신과 인간을, 그리고 내가 사랑하는 아버지마저 떠날 생각을 했을 때, 이제 칠흑 같은 어둠 속에서 천사의 음성을 들었다. "너는 완전히 지쳤구나."

나는 공포에 질려 말문이 막혔다.

"넌 이제 끝에 와 있구나, 칠흑 같은 어둠 속에." 천사는 성스럽고 정중한 태도로 반복했다. "네가 젊은 나이에도 모든 길을 시도했다는 걸 인정해. 출구를 찾기도 했고 우회길도 가보았고 잘못된 길에도 들어선 적이 있었지. 너는 나쁜 짓을 해본 적이 없어. 네가 다른 사람들보다 죄가 많다고 생각하지 않아. 너는 어머니를 사랑했어, 신은 이 세상 상인들과 함께 어울리지 않는다는 걸 깨달았을 때, 그리고 모든 판단이 희생의 제물이라는 걸 깨달았을 때, 넌 절망했어. 너 자신이 할 수 있는 게 없었고, 어떤 누구한테도 고통을 주고 싶지 않았어. 넌 그걸 영광으로 생각하지. 그때 네 착각이 시작되었어. 너는 자신을 페르시아까지 내몰았고, 죽을 생각까지 했어, 네가 나한테 뭔가를 숨길 거라고 생각하지 않아, 정말, 나는 이곳에 거하는 천사야……"

"나는 열 번은 되돌아 갔어." 나는 항변했다. "항상 자발적이었던 것은 아니지만."

"하지만 너는 기어이 이 산골짜기로 돌아왔지." 천사가 말했다. "이 계곡을 너희들 방식대로 그냥 가볍게 '행복한 골짜기'라고 불렀을지 모르겠지만, 너는 '세상 끝의 계곡'이라는 것을 알고 있어. 이제 여기에서 마음을 돌려야 돼."

"날 죽게 내버려 둬!"

"그건 아무런 도움이 안 될 거야. 손목을 칼로 그은 잘레를 생각한다면 나를 믿어. 그 방법은 너를 내 영역으로 인도한 다른 사람들과 거의 차이가 없어. 말 좀 들어! 현실을 피할 수 있다고 생각하지 마!"

"물론 난 삶의 도피처에 대해 잘 몰라." 나는 대답했다.

"하지만 너는 네가 오늘, 이 깜깜한 한밤중에, 마지막에 이르렀다는 사실을 알고 있어. 그만둬!"

나는 천막 지지대에 얼굴을 밀착했다.

"너는 어두운 벽을 마주하고 있어. 그만둬!"

"내가 포기하면, 죽고 싶다면, 이 벽을 뚫고 추락할 수 없을까? 구멍이 열리지 않으면, 돌멩이처럼 벽을 뚫고 떨어질 수 없을까? 그래서 저 너머 시커먼 죽음의 물 속으로 빠질 수는 없을까?" 나는 머리를 매우 강하게 지지대에 대고 눌렀다. 그렇게 해서 천사가 넘어지면, 나도 덩달아 넘어질 것이라고 생각했다.

나는 천사를 더는 볼 수 없었다. 캄캄한 밤이었다. 하지만 틀림없이 그는 그 자리에, 구름옷을 벗은 채 돌 위에 앉아서 계곡 아래쪽을 바라보고 있었다. 그의 신성한 음성이 또 들려왔다. "넌 마지막에 와 있어, 하지만 바로 옆에 도움의 손길이 있어. 마음을 돌려."

나는 그 밤에 잘레가 무슨 일을 겪었는지 알지 못한다. 잘레가 어떻게 죽었는지 듣지 못했다. 잘레가 혼자였다는 사실 외에는……

이제 시간이 많지 않다

이제 시간이 많지 않다. 여름이 끝나 간다. 그것은 이 산속에서 반드시 철수해야 한다는 것을 의미한다. 우리 강의 수위는 이제 아주 작은 고기만 잡을 수 있을 정도로 매우 낮아졌다. 다마반드산 꼭대기 원뿔 주위에 있는 하얀 세로줄들이 줄어들어 희끗희끗해지고 그을린 화산 지대는 위협적으로 넓어졌다. 하지만 곧 눈이 올 것이고, 피라미드 모양의 다마반드산은 다시 현세를 벗어난 듯 화려한 외관을 드러낼 것이다. 그러면 우리는, 그 장엄한 광경을 감당하지 못하고, 철수의 징조로 해석할 것이다. 그때까지 며칠이나 걸릴까? 눈이 초원을 뒤덮고 얼음이 물고기를 떠밀어 내거나 물속 깊이 죽음 같은 잠 속으로 가라앉힌다면, 우리는 대체 어떻게 먹고살아야 할까? 길을 떠난 유목민들은 우리 강가를 지나 아프제흐 협로로 이동한다. 그 협로는 그들을 두 개의 산등성이를 지나 좀 더 따뜻한 계곡으로 이어 준다. 그들이, 그러니까 검고 흰 동물의 무리, 붉게 빛나는 여자들의 치마, 반짝이는 구리 솥, 염소 가죽과 기다란 천막 지지대, 등에 짐을 높이 짊어진 노새들, 남자와 사내아이들이 물처럼 천천히 흐른다.

이런 커다란 철수 행렬을 좀 더 태연하게 견딜 수 있으면, 마지막 행렬의 모습을 별 두려움 없이 바라볼 수 있으면, 그 어떤 것도 끼어들 틈이 없을 정도로 공포심이 내 안에서 너무 커지지 않으면 좋으련만. 내 마음은 온통 두려움으로 가득 찼다. 공포가 모든 감정을 사로잡고 감염하고 갉아먹는다는 사실을 깨달았다.

유목민들만 겨울 숙소로 이동하는 것은 아니었다. 짧은 여름 동안 좁은 잔디 둔덕을 자유롭게 다니며 현무암 덩어리 사이에서 먹이를 찾던 낙타들도 이제는 불모의 목초지에서 내려와 아프제흐 협로로 내몰렸다. 사람들은 낙타를 베라민으로, 커다란 대상 숙박소로, 이란의 유명한 낙타 시장으로 데려갈 것이다. 그곳의 공기는 부드럽다. 겨울에도. 먹이도 풍부하다. 하지만 낙타는 그 사실을 알지 못한다. 자유는 낙타를 반항적으로 만든다. 낙타들은 이탈한다. 다리를 휘청거리며 강가로 걸음을 되돌린다. 그런데 그게 다 무슨 소용이랴. 낙타는 제자리로 돌아온다. 몰이꾼의 고함에 다시 고집을 쓴다. 그러다 기억을 떠올리고 온순해져서 다시 협로를 통과한다. 드디어 협로를 내려와 무리 전체가 위쪽에 멈춰 섰다. 여전히 동물들은 소란스럽다. 여전히 목을 뻗치고 진동하는 옆구리를 맞댄 채 문지른다. 우리는 우리 야영지에서 초자연적으로 큰, 차가운 빛에 휘감긴 채 움직이는 동물의 무리를 바라본다. 이내 그들은 가라앉는다.

우리는 무엇을 기다리는 걸까?

어제저녁에 텐트에서 출발과 관련한 이야기를 나누었다. 우리 일꾼들은 조급했다. 식량이 떨어져 간다. 나는 귀 기울여

들었다. 그리고 이 모든 것이 더는 나와 관련이 없다는 사실을 알았다. 그들은 내가 이곳에 더 머물지, 눈에 갇혀 있을지를 물었다.

그것은 쓸데없으며 잘못된 질문이었다. 중요한 것은 그것이 아니었다. 저지대로 돌아갈지? 테헤란의 도시 주택으로 돌아갈지? 돌아갈지? 나는 다시 시작할 수 없다. 이 기록을 하는 동안 나를 이 행복한 골짜기로 데려온 사람이 누구인지 거듭해서 자문해 보았다. 몇 개 기억을 더듬어 보기도 했다. 하지만 아무리 기억을 떠올려 봐도 시작점을 찾을 길이 없었다.

아니다, 그 누구도 나를 이곳으로 데려다 놓지 않았다. 그 누구의 책임도 아니다. 하지만 오해의 여지 없이 분명한 사실은 바로 퇴로가 폐쇄되었다는 것이다. 그 앞에 이제 곧 천상의 순수를 입을, 거대한 다마반드산의 몸통이 서 있었다. 인간은 힘을 갖고 있고, 그 힘을 사용할 때만 자유가 적용된다. 하지만 나는 자유를 잘못 사용했다. 이제 잘레도 죽었다. 그녀는 보기 드물게 순수한 사람이었다. 이제 무얼 해야 할까? 나는 잘레보다 훨씬 많은 자유를 가졌다. 잘레는 자유롭지 않았기 때문에 자신에게 생긴 일들을 상대적으로 덜 갈등하며 받아들였다. 지금 여기에서 나를 붙잡는 것은 극도의 절망이다. 구름 속에서 내민 손이 나를 붙잡는다. 그것은 적절한 순간에 물러갈 것이다. 나는 언제나 그것을 기다린다. 그것 말고는 다른 어떤 것도 기다리지 않는다. 출발도, 귀향도.

나는 아무도 납득시킬 수 없다는 것을 알고 있다. 이 기록 역시 전혀 쓸모 없다는 것도. 가끔 그것이 걱정스러울 때가 있다. 두 가지 이유에서 두렵다. 하나는 질병과 허약함에 대한 고통스러운 감정 때문에 견딜 수가 없다. 또 다른 하나는 이 모든 것을 기록할 시간이 충분하지 않다는 생각 때문에 두렵다. 하루하루 시간이 갈수록 긴장감은 점점 더 커진다. 그것이 얼마나 두려운 일인지, 그리고 내가 이 산속에서 이룬 것이 무엇인지를 사람들이 이해하리라는 믿음이 더 없어진다. 다른 사람들에게는 나의 슬픔과 두려움과 아픔의 실체가 보이지 않기 때문에 내가 좀 이상해 보일지도 모른다. 그래서 그것이 진짜라는 사실을 사람들에게 이해시킬 수 있다는 믿음이 하루하루 지날수록 더 작아진다. 그런 생각에 좌우되지 않을 것이다, 그런 생각에! 하지만 그런 고통을 당해 본 사람들은 이해할 것이다. 나는 지금 많은 사람과 접촉하고 있지 않다. 세상의 모든 것과 너무 멀리 떨어져 있어서 다시 따라잡으려면 7마일 장화를 신어야 할 것이다. 혼자 있는 것도, 홀로 죽는 것도 두렵지 않다, 나는 어떻게든 세상의 마음, 그리고 삶을 갈망하는 사람들의 유쾌한 마음에 닿을 수 있을 것이다. 미래의 희망으로 가득 찬 사람들의 마음에.

고통스러운 불안감이 가끔은 가라앉을 때가 있다. 정신을 가다듬고 심호흡을 한 뒤에 사방을 둘러본다. 그렇지만 어디로 방향을 바꿔야 할지 알지 못한다. 당혹감이 가시덤불처럼 날카롭게 내 얼굴을 때린다. 미래는 죽었다. 그곳에는 바람 한 점 불지 않는다, 그곳은 색깔도 없다. 그곳은 어둡지도 밝지도 않다. 그곳은 내가 더는 갈 수 없는 먼 길이다.

나는 이제 장애물이 무엇인지 잘 안다. 산맥과 사막과 바다가 내 앞을 가로막고 있다. 내 앞에 펼쳐져 있다. 그것들을 정복하기 위해서 많이 노력했다. 절대 말하고 싶지 않은 희망을 간직했다. 왜냐하면 이름 없는 희망이라도 품어야만 살 수 있기 때문이다. 운 좋은 사람들은 그 희망들을, 잘 그린 그리스도의 수난 그림처럼 인생의 목표로 번갈아 가며 전시한다. 사람들이 나의 도시라고 부르는 콘스탄티노플, 알레포, 바그다드, 페르세폴리스가 있다. 그다음에 잊히고 파묻힌 이름 없는 도시들, 폐허의 언덕들이 있다. 그리고 그 뒤에 이름 없는 길, 이름 없는 산맥, 그리고 우리가 이름을 붙여 준 이곳 "행복한 골짜기"가 있다.

여기에는 어떤 희망도 필요하지 않기 때문이다. 에베레스트산을 정복하려는 사람들은 늘 있다. 그것에 목숨을 거는 사람들은 늘 있다. 이는 무의미한 야망이다. 하지만 오늘이든 내일이든 노새의 등에 올라타서 아발라로 내려가는 길고 험한 길을 떠나라고 나 자신을 설득하는 일은 아마 훨씬 더 무의미한 짓일 것이다. 그들은 목숨 걸기를 원한다. 그리고 행복하게 돌아온다면, 열 배의 기쁨을 느끼며 다시 생명을 얻는다. 설사 에베레스트산 정상이 그들 자신에게 위안이 되고 격려를 위해 설정한 목표라는 것 외에 아무 의미가 없을지라도……

그런데 무모하게 힘만 믿고 아낌없이 목숨을 던질 수 있다면, 무슨 일을 감행한들 상관없단 말인가? 나를 여기, 이 세상의 최변방까지 끌고 온 도피와 탈출구와 탈선은 잘못이 아니란 말인가? 내가 병마과 두려움에 저항했다면, 그것 때문에 훌륭한 삶, 용감한 인생이 될 수 있었단 말인가? 단지 내가 형언할 수 없는 고통스러운 절망에 아무런 대항도 할 수 없었다는 이유만으로 나를 규탄할 수 있을까?

나는 양심의 가책 때문에 내 고향 유럽을 떠나지 않았던가? 이제 이 년 전의 일이다. 그곳에서는 민중들을 갈가리 찢어 놓고 사람들을 중독시킨 극심한 불화를 선택하지 않더라도, 스스로 판단하고 뭔가를 위해 투쟁하는 것이 중요했다. 아무엇도 하지 않은 채 방관하는 것은 비양심적이었다. ……나는 그것도 견디지 못했다. 나는 그렇게 투쟁하고 싶은 마음도 없었다. 내게 부과된 역할이 잘못된 것처럼 보였다. 그렇다, 나는 양심상 떠났다. 그리고 많은 사람이 나의 자유와 나의 선택을 부러워했다.

하지만 여기에서도 자유는 그 의미를 잃었다. 더 많은 자유를 요구하고 싶은 생각도 없다. 그저 돌아가고 싶을 뿐이다. 그런데 그럴 수 없다, 그럴 수 없다. 나는 이 사실을 안다.

오늘은 극심한 압박감을 느끼며 잠에서 깼다. 꿈에서 고함을 지르고 싶었지만 소리가 나오지 않았다. 잠에서 깨려고, 고통스러운 잠을 떨쳐 내려고 발버둥쳤을 때, 커다란 공포가 시커먼 이불처럼 나를 덮었다. 나는 그것을 위로 밀친 뒤 비틀거리며 천막 지지대로 향했다. 바깥에는 동트는 새벽녘 초원 위로 안개가 미끄러졌다. 강에서 물안개가 피어올랐다. 나는 강가로 걸어가서 천천히 물을 향해 미끄러지듯 내려갔다. 추위에 숨을 쉴 수 없었다. 강쪽으로 몸을 옮기다가 결국 툭 튀어 올라온 경사면에 꼭 달라붙어 있었다.

곧 다시 침대로 돌아왔다. 가만히 누운 채 천막으로 쏟아지는 아침 햇살을 하염없이 바라보았다. 그 반짝이는 넓은 궤도를. 몸은 꽁꽁 얼어붙었다. 심부름꾼이 차를 가지고 왔다. 그는 곧 젊은 영국인 두 명을 데리고 나타났다. 나와 함께 마지막까지 야영지에 남아 있던 사람들이었다.

"내일 아발라로 이송될 예정입니다." 그들이 말했다.

"괜찮아요. 내일이면 회복할 거예요."

그제야 나는 정말 목소리가 나오지 않는다는 사실을 깨달았다.

드디어 열이 올랐다. 그것은 커다란 구원이나 다름없었다, 몸에 열이 흐르는 것이 느껴졌다, 나는 사지를 뻗었다. 그제야 다시 숨을 쉴 수 있었다. 그렇지만 이제 열이 너무 심해서 관자놀이가 폭발할 것 같았다. 천막의 벽을 향해서 정신없이 기도를 올렸다. 열이 그치게 해 달라고 기도했다. 하지만 떨어질 거라고 믿지는 않았다. 영국인들은 낚시를 하러 갔다.

"우리가 돌아올 때쯤이면, 아마 최악의 상태는 지나겠지요. 그러면 같이 위스키 한잔합시다."

그들이 떠난 뒤에 나는 다시 기도했다. 관자놀이가 폭발해서 죽을 것 같았다. 마흐무드가 내내 텐트 입구에 앉아서 강에 돌을 던졌다. 나는 그에게 가 보라고 말했다. "아무도 찾아오지 않을 거예요." 그는 별로 놀란 기색 없이, 사방을 둘러보지도 않은 채 자리를 떠났다.

나는 자리에서 일어나서 접이식 탁자를 향해 몸을 숙였다. 연필과 필기 용지가 보였다. 술에 취한 듯 어지러웠다. 그래서 비틀거리며 침대로 돌아왔다. 종이는 이불 위에 올려놓았다. 나는 아주 평온하게 자리에 누워서 양손으로 관자놀이를 꽉 잡았다.

열이 좀 떨어지자 다시 울음이 터졌다. 머릿속이 완전히 텅 빈 느낌이 들 때까지 그렇게 오래 울었다.

사막과 공허, 황무지의 한복판에서

이 책은 스위스 작가 안네마리 슈바르첸바흐의 소설 『한 여인을 보다』와 『페르시아에서의 죽음』을 담고 있다. 반파시스트이자 동성애자이던 슈바르첸바흐는 서른넷이라는 젊은 나이에 자전거 사고로 요절했다. 그녀가 세상을 떠난 뒤, 그녀의 어머니는 가문의 명예를 보호한다는 이유로 딸의 글을 대부분 폐기하고 출간을 막았다. 그 탓에 사람들의 기억에서 잊힌 슈바르첸바흐는 1980년대 말에 이르러서야 다시 세상 밖으로 나왔다. 그리고 2008년에 탄생 100주년을 맞아 그녀의 삶과 작품을 다룬 전기를 비롯하여 생전에 미출간되었던 자전적 소설 『한 여인을 보다』 등이 잇따라 세상 밖으로 나오면서 세인의 관심을 받았다. 기념사에서 언급되었듯, 최근 스위스 문학에서 슈바르첸바흐만큼 많이 연구되고 이야기되는 작가는 없다. 슈바르첸바흐가 사람들에게 매혹적으로 다가온 이유는 필시 그녀의 평범치 않은, 매우 비극적인 인생사에 있으리라. 가족 및 친구와의 갈등, 동성애, 방랑벽과 약물 중독으로 점철된 그녀의 삶은 급작스러운 사고로 막을 내렸다. 하지만 세월이 흘러 이 시대에 페미니즘의 아이콘으로 되살아났다. 그것은 남성성과 여성성이 혼합된 매력적인 외모와 세련된 옷차림뿐 아니라, 여러 여성과의 사랑과 이별, 반파시스트 운동, 1930년대 유럽 여성에게는 오지나 다름없던 페르시아 황무지를 작은 포드로 달리던 모습, 그리고 무엇보다 그녀가 남긴 수많은 사진과 글이 한몫했을 것이다.

그런 이유 때문인지 슈바르첸바흐의 소설과 여행기는 자전적 요소와 강하게 결부되어 해석되는 경우가 많다. 많은 연구자는 문학 텍스트, 즉 자율적인 예술 작품으로서 제대로 평가받지 못하는 데 아쉬움을 표한다. 그럼에도 특히 이 책에 실린 『한 여인을 보다』와 『페르시아에서의 죽음』은 작가의 경험을 담은 자전적 소설이며 글쓰기라는 행위가 그녀에게 무엇을 의미하는지를 잘 보여 주는 작품이다. 따라서 이 두 편을 제대로 읽자면 안네마리 슈바르첸바흐의 삶을 간단하게나마 살펴볼 필요가 있다.

슈바르첸바흐는 1908년에 스위스 취리히의 유복한 집안에서 태어났다. 아버지 알프레드는 실크 방직 공장을 가진 사업가였는데, 당시 스위스 최고의 부자였다. 외조부는 1차 세계대전 당시 스위스군의 장군이었고, 외조모는 독일 비스마르크 가문 태생이었다. 양성애자였던 어머니 르네는 어린 딸에게 남자 옷을 입히는 등 남성적인 스타일로 키웠지만, 어떤 이유에서인지 딸의 동성애는 받아들이지 못했다. 슈바르첸바흐는 취리히와 파리 대학에서 역사를 공부하고 스물셋이라는 이른 나이에 박사 학위를 받았다. 하지만 학자로서의 삶보다는 소설과 산문, 신문 기사 등을 쓰는 자유로운 작가의 길을 선택했다. 그녀는 고향 취리히를 떠나 독일 베를린으로 향했다. 어릴 적부터 춤과 피아노에 재능을 비롯, 예술적 기질을 보이던 그녀에게 부모 영향 아래 있던 평화롭지만 답답한 스위스보다는 "오염된 대도시 베를린에서"의 삶이 훨씬 자유롭게 느껴졌을 것이다.

슈바르첸바흐는 1930년 가을에 토마스 만의 자녀인 에리카와 클라우스 만을 만났다. 이 만남은 이후 그녀의 인생에 결정적인 영향을 미쳤다. 슈바르첸바흐는 자신감 넘치는 매력적인 에리카 만에게 깊이 매료되었다. 하지만 에리카 만은 우정의 범주 안에서 그들의 관계를 인정했을 뿐 그 이상은 원하지 않았다. 슈바르첸바흐는 에리카의 태도에 절망했다. 그녀는 자신이 남과 다르다는 것을 일찌감치 깨달았다. 이미 스물한 살 나이에 동성애에 깊이 흔들린 적이 있었다. 『한 여인을 보다』는 그때의 경험을 바탕으로 쓴 것이다. 에리카 만은 슈바르첸바흐에게 거리를 두었고, 나중에는 자신을 귀찮게 하는 "불행한 아이(das Unglückskind)"라고 불렀다. 슈바르첸바흐는 평생 영혼의 동반자였던 클라우스 만에게 자신의 사랑에 응답하지 않는 에리카 때문에 고통스럽다고 고백했다. 그녀는 이들 남매와 함께 바이마르 공화국 시절에 실험적이고 퇴폐적인, 다양한 예술이 공존하던 베를린에서 격정적인 20대를 보냈다. 이들의 만남에는 또 다른 어두운 면이 있었는데, 슈바르첸바흐가 클라우스 만과 함께 마약에 손을 대기 시작한 것이다. 당시 베를린에서 처음 접한 모르핀은 그녀를 죽을 때까지 괴롭혔다.

베를린에서의 보헤미안적 삶은 1933년 히틀러가 권력을 잡으면서 끝이 났다. 토마스 만과 그의 자녀들은 나치에 격렬하게 저항했다. 슈바르첸바흐도 그들과 같은 입장을 취했다. 하지만 그녀의 부모는 나치 정권에 자금을 조달할 정도로 열렬한 히틀러 추종자였다. 그사이 토마스 만 가족은 스위스로 도피했다. 그리고 취리히에서 에리카 만이 운영하던 카바레가 스위스 나치스트의 공격을 받는 사건이 발생했다. 이전부터 슈바르첸바흐의 어머니를 "독실한 나치스트(stramme Nationalsozialistin)"라고 비꼬던 에리카 만은 사건의 배후에 슈바르첸바흐의 어머니가 있다고 생각했다. 설상가상으로 슈바르첸바흐의 부모는 딸에게 토마스 만 가문과 관계를 끊고 히틀러 정권의 독일 재건을 도우라고 압박했다. 클라우스 만과 함께 반나치 활동을 하면서 유대인과 정치 난민을 돕던 슈바르첸바흐에게는 받아들이기 힘든 요구였다. 만 남매와 본인 집안과의 갈등 사이에서 이러지도 저러지도 못한 채 고립감에 시달리던 그녀는 자살을 시도하고 만다. 이 일은 그녀의 가족 및 스위스의 보수적인 집단에 큰 파문을 불러일으켰다.

슈바르첸바흐는 자살 시도 석 달 뒤인 1934년에 첫 페르시아 여행을 떠났다. 그리고 몇 달 뒤 미국 고고학 발굴단에 합류하여 두 번째 페르시아 여행을 떠난다. 그로부터 다시 몇 달 뒤인 1935년에, 앞선 페르시아 여행에서 알게 된 프랑스 외교관 클로드 클라라크와 테헤란에서 결혼식을 올린다. 그도 슈바르첸바흐와 마찬가지로 동성애자였으므로, 둘의 결혼은 서로의 편의에 따라 이루어진 것이라 봐도 좋았다. 클로드 클라라크는 결혼이라는 외피를 통해 사람들의 불편한 시선을 피할 수 있었다. 슈바르첸바흐도 프랑스 외교관 여권을 발급받아 제한 없이 여행할 수 있는 생활에 만족했다. 하지만 외교관의 아내로서 수행해야 하는 공적인 활동이 자신의 자유를 제한한다고 느꼈다. 또 테헤란의 무더위를 피해 외딴 시골로

거처를 옮긴 뒤 찾아온 고독한 생활과 어머니와 에리카를 향한 애증의 감정이 다시 고개를 들었다. 그런 상황에서 그녀를 구원해준 것은 다름 아닌 "구름을 뚫고 내민 손", 즉 모르핀이었다. 그리고 터키 외교관의 딸과 깊은 관계에 빠진다. 이 사랑 이야기는 소설 『페르시아에서의 죽음』의 배경이 되었다. 이러한 일련의 일들로 결혼 생활은 결국 파국을 맞는다.

슈바르첸바흐는 포토 저널리스트로서, 그리고 약물 중독에서 벗어나기 위해 스페인, 미국, 소련, 터키, 페르시아, 아프가니스탄, 콩고 등 전 세계를 여행하면서 수많은 기행문과 신문 기사를 썼다. 1939년에 엘라 마일라르트와 아프카니스탄을 여행하면서 쓴 많은 글과 사진은 2001년 영화 「카피리스탄으로 가는 여행(Die Reise nach Kafiristan)」의 소중한 자료가 되었다.

슈바르첸바흐는 1942년 9월 7일 스위스 엥가딘에서 자전거 사고를 당했다. 머리에 심각한 부상을 입고 혼수상태에 빠진 뒤 두 달 만에 서른네 살의 짧은 생을 마감했다. 그녀의 어머니는 클로드 클라라크와 친구들의 병문안을 허락하지 않았고 편지와 일기 등 딸 삶의 모든 흔적을 폐기했다. 다행히 친구가 갖고 있던 글과 5000장의 음화(陰畵)는 베른의 스위스 문서 보관소에 묻혀 있다가 1980년대에 세상의 빛을 보게 되었다. 슈바르첸바흐의 극적인 삶은 2015년에 「마이 네임 이즈 안네마리 슈바르첸바흐(My name is Annemarie Schwarzenbach)」라는 다큐멘터리로 제작되기도 했다. 소년처럼 짧은 머리, 공허하고 불안한 눈빛, 여성성과 남성성을 동시에 품고 있는 개성적인 외모는 많은 예술가와 브랜드에 영감을 주었다.

슈바르첸바흐는 생의 마지막 10년 동안 약물 중독과 우울증에 시달리며 간헐적으로 정신과 치료를 받았다. 그녀는 그러한 자신의 심리 상태가 어머니와의 불안한 관계에서 비롯되었다고 여겼다. 지배적이고 강한 성향의 어머니는 딸을 자기 곁에 두고자 의도적으로 주변 사람들로부터 고립시켰다. 슈바르첸바흐는 그런 어머니를 끊임없이 벗어나고자 했지만 그럴 수 없었다. 어머니보다 강하지 못했기 때문이자 어머니를 너무 사랑했기 때문이었다. 자유를 찾아서 당시 유럽인에게는, 특히 여성에게는 미지의 땅이었던 페르시아로 수차례 여행을 떠났지만, 늘 고향과 어머니를 그리워했다. 그녀는 이 세상 어디에서도 안식처를 찾지 못했다. 문명화된 서유럽에서도, 낯설고 거친 페르시아에서도, 그리고 약물을 통해서도. 그래서 그 처절한 외로움을, 풀리지 않는 삶의 원초적인 문제들을 글쓰기로써 잊고자 했는지 모른다. 그녀는 생전에 스위스와 독일 및 미국의 신문과 잡지에 수많은 기사와 사진을 기고했고 여러 권의 책을 집필했다. 이 책에 실린 소설 『한 여인을 보다』와 『페르시아에서의 죽음』은 슈바르첸바흐의 깊이를 알 수 없는 우울과 한 줌 희망의 기록이다.

1. 『한 여인을 보다』

슈바르첸바흐가 이 소설을 쓴 것은 1929년이지만, 책으로 출간된 것은 2008년 일이다. 이 작품은 뒤늦게 세상에 나오면서 작가 슈바르첸바흐의 재발견을 이끌었다. 20대 초반의 젊은 여성이 중년의 여인을 사랑하는 애끓는 마음을 절제

된 문장으로 표현하고 있다. 자연스레 그녀의 커밍아웃 소설이라고 일컬어지면서, 출간과 동시에 버지니아 울프의 『올랜드』와 래디클리프 홀의 『고독의 우물』과 함께 레즈비언 문학사에 획기적인 작품으로 자리매김했다.

이 소설의 화자이자 주인공은 작가를 연상시키는 젊은 여성이며, 무대는 스위스 알프스산의 특급 호텔이다. 이곳에서는 유럽의 상류층 인사들이 스키를 타고 식사와 차를 마시고 무도회를 열며 사교를 나눈다. 서술자인 '나'는 1929년 크리스마스이브에 호텔 승강기에서 하얀 외투를 입은 중년의 여인과 마주친다. '나'는 그녀에게 한눈에 반한다.

한 여인을 보다. 단 일 초 동안, 곧 놓쳐 버릴 시선의 짧은 공간 속에서, 복도의 어둠 속 어딘가에서, 내가 열어서는 안 되는 문 뒤에서.

한 여인을 봄과 동시에 그녀도 나를 보았다고 느낀다. 우리가 이방인의 문턱에서, 이 어둡고 우울한 의식의 경계에서 만날 수 밖에 없는 것인지 문득이 나를 응시했음을 느낀다.

그 몇 초 사이에 느낀다.

그녀도 정지했음을, 마치 나로 인해 온 신경이 곤두선 것 처럼 사고의 흐름이 고통스럽게 중단되었음을.

위는 소설의 첫 부분으로, "한 여인을 보다"라는 제목을 압축적으로 묘사하고 있다. 작가이자 기자이며 포토그래퍼이

기도 했던 슈바르첸바흐에게 어떤 대상을 본다는 것, 관찰한다는 것은 매우 중요한 행위였다. 그리고 작가는 문학적 주체로서의 자신을 '관찰하는 인간'으로 이해했다. 첫눈에 반한 여인의 모습과 그 순간의 감정을 섬세하고 밀도 높은 언어로 묘사한 첫 단락을 통해 독자들도 같은 공간에서 질식할 듯 아찔한 감정을 느낀다. 첫 만남에서부터 두 사람은 강렬하게 끌린다. 어떤 제스처나 표현도 필요 없이 찰나의 눈빛 교환만으로 서로의 마음을 확인한다. 모든 사회적 관습을 뛰어넘을 만큼 충만한 에너지가 두 사람을 감싸고 있다.

'나'는 며칠 뒤 호텔 레스토랑에서 만난 한 노신사로부터 그 여인의 이름이 '에나 베른슈타인'이라는 것을 알게 된다. 자신을 둘러싸고 이상한 소문이 돌면서 주변 사람들이 수군거리고 힐끗힐끗 곁눈질하는 것을 알지만, 화자는 그 중년 여인을 향한 사랑과 충동을 한순간도 의심하지 않는다. 젊을 적 한때 에나 베른슈타인을 연모했던 노신사는 화자에게 감정에 치우치다가 사회적 도덕의 기준을 뛰어넘으면 위험하다고 경고한다. 하지만 화자와 에나의 강렬한 끌림을 인지했는지 이내 그들의 만남은 필연임을 인정한다.

슈바르첸바흐의 중성적인 외모는 남녀 모두에게 강한 매력을 발산했다. 또한 사람들은 그녀의 아름다움과 지성, 독특한 개성에 매료되었다. 클라우스 만은 자서전에서 안네마리 슈바르첸바흐와 토마스 만의 첫 만남을 회고했다. "그녀가 처음 우리 집에서 점심 식사를 했을 때, 마법사(토마스 만은 집에서 '마법사'로 불렸다.)는 그녀를 걱정과 호감이 뒤섞인 모습으로 쳐다보다가 말했다. '이상하지만, 당신이 소년이라면 정말 예쁘다고 말할 수밖에 없군요.'" 토마스 만은 그로부터 팔 년 뒤 약물에 찌든 그녀를 보고 "황폐해진 천사(verödeter Engel)"라고 부르며 안타까운 마음을 드러냈다.

안네마리 슈바르첸바흐의 작품은 작가의 인생처럼 혼란스럽다. 『한 여인을 보다』와 『페르시아에서의 죽음』은 모두 작가의 자전적인 소설로 동성애를 다루지만, 전체적인 의미를 정확하게 이해하기가 쉽지 않다. 그녀가 무엇을 경험했고 무엇을 꿈꾸었는지 아직도 미지의 영역으로 남아 있는 부분이 많다. 『한 여인을 보다』는 1929년에 집필된 작품이지만 당시엔 출간되지 못한 것은 가족의 압력 때문이었을 거라는 주장이 신빙성 있게 들린다. 스위스에서 높은 명예와 부를 누리던 보수적인 가문에서 자녀가 동성애자라는 사실을 책을 통해 공식화하고 싶지는 않았을 것이다. 슈바르첸바흐는 평생 가족으로부터 재정적인 지원을 받았기에 가족의 요구와 바람을 받아들였다. 그 대신 고향 스위스를 떠나 베를린의 밤 문화에 몸을 던졌고 자유분방한 동성애의 삶을 누렸다. 스위스의 안락함과 베를린의 자유 사이에서, 이성애와 동성애 사이에서, 각성과 도취 사이에서 그녀가 쉴 곳은 없었다. 그 경계의 안팎을 넘나들며 느낀 불안과 초조는 작품 속에서 깊은 우울감으로 표출되었다. 그 어떤 작가도 그녀의 작품 전체를 짙게 지배하는 멜랑콜리를 능가할 수 없을 것이다. 그럼에도 『한 여인의 보다』의 화자와 에나 베른슈타인의 사랑만큼은 해피엔딩으로 끝난다. 아직 어머니와의 갈등이 표면화되기 전, 그리고 에리카 만을 만나기 전에 쓴 작품이기 때문이리라.

2. 『페르시아에서의 죽음』

슈바르첸바흐는 인생을 여행에 비유했다. "우리의 인생은 여행과 같다……. 나에게 여행은 모험이나 소풍이라기보다는 우리의 존재를 농축한 초상처럼 여겨진다." 살아생전 그녀는 아시아, 미국, 유럽, 그리고 아프리카까지 네 개의 대륙을 여행했다. 그야말로 늘 길 위에 있었다.

소설 『페르시아에서의 죽음』은 제목이 암시하듯 페르시아를 배경으로 한다. 슈바르첸바흐는 수많은 나라를 여행했지만, 페르시아만큼 매혹적인 곳은 없었다. 그것은 페르시아를 배경 삼아 다음과 같은 네 권의 책을 집필한 것에서도 미루어 짐작할 수 있다. 『Winter in Vorderasien(근동의 겨울)』(1934), 『Bei diesem Regen(이 비에도)』(1935), 『Tod in Persien(페르시아에서의 죽음)』(1936), 『Das glückliche Tal(행복한 골짜기)』(1940). 그녀에게 페르시아는 글쓰기의 공간이었다. 안팎으로 자신을 휘어잡는 불안의 원인이 무엇인지를 글쓰기로써 추적하기 위해서, 가혹한 인생의 시련을 견디기 위해서 끊임없이 페르시아로 떠났고, 다시 돌아왔다. 따라서 페르시아는 그녀의 삶과 작품을 이해하기 위한 열쇠와 같은 곳이다. 스스로를 "불치(不治)의 여행자"로 느낀 슈바르첸바흐는 영원한 여행자나 다름없는 페르시아 유목민에게 동질감을 느꼈다.

슈바르첸바흐가 첫 페르시아 여행을 계획한 것은 1932년이었다. 하지만 동행하기로 했던 친구 리키 할가르텐의 자살로 뜻을 이루지 못한다. 그리고 1934년 봄에 다시 계획을 실행에 옮긴다. 세 번째 페르시아 여행은 미국의 유물 발굴단에

참여했을 때다. 그때 알게 된 프랑스 외교관 클로드 클라라크와 몇 달 뒤 테헤란에서 결혼식을 올린다. 그리고 1939년 엘라 마일라트와 아프가니스탄 여행을 하는 동안 이 "멀고 이국적인 나라"를 네 번째이자 마지막으로 방문한다.

『페르시아에서의 죽음』은 1935년 5월에서 9월까지 세 번째 여행의 기록이다. 이 여행 기간에도 슈바르첸바흐가 사랑했던 두 여자, 그러니까 어머니와 에리카 만의 갈등은 계속되었고, 슈바르첸바흐는 그 틀어진 관계에서 지속적으로 영향을 받았다. 그녀는 페르시아의 황량한 사막에서 향수를 느꼈지만 돌아갈 고향이 없었다. 그래서 말라리아에 걸려 발의 통증과 열에 시달리며 구빈원에 누워 있던 서술자에게 창밖에서 들리는 집 짓는 노동자의 노랫소리는 고문이나 다름없었다. 어쩌면 작가는 그 고통을 잊기 위해 또 다른 여자와 사랑의 모험을 즐기고 모르핀에 의존했는지도 모른다. 그로 인해 순탄치 않던 결혼 생활도 결국 파국으로 끝이 났다. 슈바르첸바흐는 자신을 둘러싼 갈등과 심리적인 고립감을 글쓰기로써 망각하고자 했다. 화자는 과거를 돌아보면서, 삶의 위기를 맞은 연원을 찾는다.

이 책은 대체 왜 주인공이 페르시아로, 왜 그리 멀고 낯선 땅까지 떠밀리듯 쫓겨 가서 형언할 수 없는 시련에 끝내 굴복했는지를 어디에서도 분명하게 설명하지 않는다. 이 역시 독자들은 너그럽게 이해해야 한다. 그보다는 우회로, 출구, 미로에 대한 얘기가 더 많다. 오늘날 유럽 땅에 사는 사람은, 얼마나 많은 사람들이 감당할 수 없는 극도의 긴장 속에서 살아가는지 안다.

그녀의 문학을 관통하는 중요한 모티프는 외로움(Einsamkeit)과 낯섦(Fremdsein)이다. 슈바르첸바흐는 새로운 문화를 접하고 새로운 사람을 만나면서도 늘 외롭고 낯설었다. 그럼에도 거듭해서 페르시아로 떠났다. 그녀에게 페르시아는 일종의 피난처였다. 파시스트인 가족으로부터, 유럽의 암울한 정치 상황으로부터, 그리고 자기 자신으로부터의 피난처. 슈바르첸바흐는 머리말에서 독자들의 양해를 구한다.

이 원고를 마무리했을 때, 나는 누구나 납득할 만한 인과 관계를 만들어야 한다는 사실을 분명히 깨달았다. 그렇게 해야만 독자를 만족시키고 출판사에 유용한 책이 될 것이다. 하지만 그러기 위해서는 본래의 주제를 바꾸어야만 했다. 그것은 정신적으로나 도덕적으로나 허용할 수 없는 양보였다.

작가의 고백처럼 이 작품에는 인과 관계가 성립되지 않기 때문에, 화자의 우울과 고통의 원인이 무엇 때문인지 이해하기 쉽지 않다. 이에 대해 어떤 이는 작가가 거의 죽음의 상태 또는 수면에 가까운 상태에서 글을 썼다고 주장한다. 이 작품이 슈바르첸바흐가 첫 자살을 시도하고 석 달 뒤에 떠난 페르시아 여행을 배경으로 한다는 점에서 설득력이 있어 보인다. 그런 이유에서인지 머리말에서부터 죽음이 언급된다.

인간의 죽음이 아시아에서는 어떤 의미일까? 우리는 "사람이 죽어요."라고 애타게 소리칠 뿐이다. 아무리 그럴싸하게 포장을 해도 죽음은 내 마음의 짐을 덜어 주지도, 그대들의 마음을 가볍게 해 주지도 못한다. ……우리에게 죽음은 당연한 것이 아니다. 죽음은 우리를 당혹감으로 채운다. 그러나 아시아인들은 죽음을 무(無), 진실한 존재, 진실한 힘으로 여기며 종교 속에 포괄한다. 그들은 죽음을 두려움 없이 기다린다.

작가는 페르시아를 처절한 회의와 외로움, 황량함 그리고 정적과 공허로 묘사한다. 1930년대에 오리엔트, 특히 페르시아는 산업화가 덜 된, 원시적인 자연을 간직한 나라였다. 따라서 작가에게 유럽 문명과 가족과 정치적 상황으로부터 피난처가 되어 주었는지는 몰라도 미래를 보장해 주지는 않았다. 페르시아는 "세상의 끝"이자 "기진맥진한 사람"이 머물 공간이었다. 그녀는 페르시아라는 새로운 환경 속에서 자기 자신을 찾고자 했다. 슈바르첸바흐는 역사학을 전공한 터라 여러 책을 통해 이미 낯선 문화를 읽고 이해했다. 그렇지만 페르시아의 황야와 사막의 열기, 모래바람과 대상, 그리고 유목민은 새로운 인상을 남겼다. 작가로서 그녀는 페르시아 풍경을 묘사하면서 자신의 쓸쓸하고 외로운 감정을 외부 세계와 결부한다. 약물 중독과 가족과의 불화, 실패한 결혼 생활로 인한 불안한 심리 상태는 주변 환경을 부정적으로 인식시킨다. 화자는 이 소설의 무대인 다마반드산의 라흐르 계곡을 이렇게 묘사한다.

두 산 사이에 놓인 계곡은 절벽이나 다름없었다. 아래에는 아무것도 없었다. 물이 흐르지 않는 골짜기였다. 세상으로부터 아득히 먼, 식물과 나무로부터 아득히 먼 골짜기. 대신 뜨거운 열기를 잔뜩 머금은 돌멩이만 가득할 뿐. 회색 독사와 도마뱀들, 부드럽게 돌돌 몸을 말고 미동도 없이, 눈빛만 살아 있을 뿐, 핀 모양의 작고 검은 머리, 그리고 가는 혀……

슈바르첸바흐가 여행을 떠난 것은 대다수 사람들처럼 기분 전환을 위해서가 아니었다. 그녀에게는 '먼 곳'을 향한 강렬한 욕구가 있었다. 그리고 여행을 하면서 기자이자 포토그래퍼로서의 업무도 수행했다. 페르시아 풍경과 그곳 사람을 사진에 담았고 그들과 연결되어 있다고 느꼈다. 작가의 눈에는 페르시아 사람들이 자기 자신처럼 외로워 보였다. 마치 자신의 나라에 유폐된 자들처럼.

이 땅의 사람들은 놀라울 정도로 외딴 생활을 한다! 이웃 마을에 가려면 한 걸음에 7마일을 가는 장화를 신어야 할 정도. 마을과 마을 사이에는 사막과 암벽, 말로 표현할 수 없는 황량함이 있다.

작가는 거대하고 압도적인 자연에 순응하는 페르시아 유목민들의 모습에 자신을 투영했을 것이다. 어쩌면 그들과의 동질감 또는 연대 의식이 그녀를 끊임없이 이곳으로 불렀을지도 모른다. 한없이 쓸쓸하고 황량한 페르시아에서 잘레는 화자의 희망이자 절망이다. 화자가 잘레가 만나는 공간은 한여름의 뜨거운 열기가 이글거리는 사막과 대비되는 정원이다. 두 여인은 그 속에서 안정을 느낀다. 하지만 둘의 관계를 알게 된 잘레의 아버지가 만남을 금지함으로써 짧은 행복은 위기에 봉착한다. 잘레와 화자의 사랑은 잘레의 가부장적인 아버지와 슈바르첸바흐의 파시즘적 어머니에 대한 거부이며, 오리엔트 여성과 유럽 여성의 연대다. 하지만 그것 외에 이들의 사랑을 가로막는 매우 결정적인 장애물이 있었는데, 그것은 바로 잘레의 죽음이었다.

이 소설의 제목에서 죽음은 여러 의미로 해석 가능하다. 우선 죽음은 페르시아 그 자체를 뜻한다. 즉 페르시아의 거대한 자연, 사막의 뜨거운 열기, 압도적인 산맥은 죽음을 연상시킨다. 두 번째로 죽음은 유럽 문화의 몰락이며, 동시에 유럽과의 이별을 의미한다. 즉 참혹한 전쟁과 히틀러 독재로 이어진 유럽의 근대에 대한 비판이며 이로 인한 유럽 문명과의 작별을 죽음이라는 단어로 표현한다. 세 번째로 소설의 내용과 결부 지어 볼 때 죽음은 잘레와의 이별과 영원한 합일을 암시한다. 처음 만날 때부터 결핵을 앓던 잘레는 결국 세상을 떠난다. 사랑하는 연인의 죽음은, 말라리아에 걸려 "끊임없이 내려앉는 모래성처럼" 서서히 생명이 꺼져 가는 화자의 죽음으로 이어진다. 연인의 상실과 화자의 깊이를 알 수 없는 우울은 작가 자신의 혼돈처럼 우리를 혼란스럽게 만든다. 화자의 모습은 존재론적 상실감에 시달리며, 늘 어딘가를 떠도는 '이방인'으로서의 현대인을 투영하기 때문이다. 잘레를 잃은 화자는 죽음을 통해 연인과의 합일을 꿈꾸며 페르시아를 떠나지 못한다.

나는 양심의 가책 때문에 내 고향 유럽을 떠나지 않았던가? ……나는 양심상 떠났다. 그리고 많은 사람이 나의 자유와 나의 선택을 부러워했다.

하지만 여기에서도 자유는 그 의미를 잃었다. 더 많은 자유를 요구하고 싶은 생각도 없다. 그저 돌아가고 싶을 뿐이다. 그런데 그럴 수 없다. 그럴 수 없다. 나는 이 사실을 안다.

인생의 시련 앞에서 약물로 도피하려던 자신과 달리 생존의 위협을 온몸으로 부딪치는 유목민들은 작가의 눈에 흡사 순교자처럼 보인다. 가족과 만 남매와의 갈등 사이에서 고립된 처지. 어쩌면 슈바르첸바흐는 그런 자기 자신을 벌하기 위해 황량함과 낯섦, 공허가 지배하는 페르시아행을 자처했는지도 모르겠다.

이제 연인을 잃는 고통 속에서 화자에게 남은 유일한 탈출구는 글쓰기의 가능성뿐이다.

나는 자리에서 일어나서 접이식 탁자를 향해 몸을 숙였다. 연필과 필기 용지가 보였다. 술에 취한 듯 어지러웠다. 그래서 비틀거리며 침대로 돌아왔다. 종이는 이불 위에 올려놓았다.

슈바르첸바흐에게 글쓰기는 치유의 방법이나 다름없었다. 글을 쓰는 동안만큼은 모르핀을 잊을 수 있었다. "일종의 최면 상태"와 같았기 때문이다. 페르시아는 그녀에게 도피처이자 글쓰기의 공간이었다. 고정된 문학적 틀에 만족해야만 했을 때 다시 글쓰기의 한계에 부닥쳤지만, 사막과 공허, 황무지의 한복판에서 그녀는 글쓰기로써 작은 정원, 한 조각의 낙원을 창조했다. 그 어딘가에 정주하지 못하고 끊임없이 새로운 길을 떠났듯이.

안네마리 슈바르첸바흐의 글을 국내에 처음 소개하게 되어 영광이다. 보수적인 가족과 진보적인 친구, 이성애와 동성애, 고요와 불안, 희망과 절망 그 틈새에서 길을 잃고 헤매는, 아니 자신만의 길을 찾고자 애쓰는 슈바르첸바흐의 모습에 현대인의 모습이 어려 있다. 지금 우리는 객관적 권리를 지니는 진리도, 공동체가 함께 추구해야 할 가치나 윤리도 잃어버린 시대를 살고 있다. 외로운 슈바르첸바흐에게 글쓰기가 좋은 친구가 되었듯이, 현대를 사는 우리에게도 삶의 어떤 길잡이가 필요한 때인 듯하다. 마지막으로 꼼꼼하고 성실한 교정 작업으로 역자의 부족을 메워준 편집부의 김미래 님에게 감사의 마음을 전한다.

옮긴이
박현용

한양대학교 독문학과를 졸업했고, 같은 과 대학원에서
프리드리히 슐레겔 연구로 석사 및 박사 학위를 받았으며,
독일 뮌스터 대학에서 수학하였다. 현재 한양대학교,
서울여자대학교, 홍익대학교에서 강의하며 번역 작업을 하고
있다. 역서로 『그리스 시문학 연구에 관하여』, 『시대로부터의
탈출』, 『벤야민, 세기의 가문: 발터 벤야민과 20세기 독일의
초상』, 『시간조정연구소』, 『사월의 마녀』 등이 있다.

페르시아에서의
죽음

1판 1쇄 찍음 2024년 9월 27일
1판 1쇄 펴냄 2024년 10월 4일

지은이 안네마리 슈바르첸바흐
옮긴이 박현용
발행인 박근섭, 박상준
펴낸곳 (주)민음사

출판등록 1966. 5. 19. 제16-490호
서울시 강남구 도산대로 1길 62(신사동)
강남출판문화센터 5층 06027
대표전화 02-515-2000 팩시밀리 02-515-2007
www.minumsa.com

© 박현용, 2024. Printed in Seoul, Korea

ISBN 978 89 374 3839 4 04800
ISBN 978 89 374 2900 2 (세트)

* 잘못 만들어진 책은 구입처에서 교환해 드립니다.